Dieses Buch gehört:

In der Reihe »Flüsterwald« sind bislang erschienen:

Flüsterwald – Staffel I
Band 1: Das Abenteuer beginnt
Band 2: Der verschollene Professor
Band 3: Durch das Portal der Zeit
Band 4: Der Schattenmeister erwacht

Flüsterwald – Staffel II: Eine neue Bedrohung
Band 1: Der verborgene Meisterschlüssel
Band 2: Die versteinerten Katzen
Band 3: In den Fängen der Zauberin
Band 4: Der letzte Funken Magie

Flüsterwald – Staffel III: Die magische Akademie
Band 1: Gefährliches Zauberchaos
Band 2: Der dunkle Zirkel
Band 3: Gefangen auf der Spiegelseite

MIX
Papier | Fördert gute Waldnutzung
FSC® C014496
www.fsc.org

5. Auflage 2025

Ritterstraße 3, 10969 Berlin
produktsicherheit@ueberreuter.de
ISBN 978-3-7641-5212-3

Lektorat: Emily Huggins
Umschlag- und Innenillustrationen: Timo Grubing

Druck und Bindung: GGP Media GmbH, Pößneck
Gedruckt auf Papier aus geprüfter nachhaltiger Forstwirtschaft.
www.ueberreuter.de

Andreas Suchanek

Flüsterwald

Buch 3:
Durch das Portal der Zeit

Mit Illustrationen
von Timo Grubing

ueberreuter

Lukas (Mensch)

* Leseratte und Abenteurer
* muss sich in einer neuen Stadt zurechtfinden
* seine Familie hat keine Ahnung vom Flüsterwald oder von Magie

Ella (Mensch)

* lässt sich von niemandem aufhalten
* liebt ihren Großvater über alles
* hat viel in der Theater-AG gelernt

Felicitas (Elfe)

* zaubert gerne (was nicht immer klappt wie geplant)
* fühlt sich im Internat einsam und unternimmt deshalb öfter (verbotenerweise) Streifzüge

Punchy (Katze)

* heißt mit vollem Namen: Pedora Ulinde Naftet von Chibalka
* Aufpasserin von Felicitas
* hat Nerven aus Stahl

Rani (Menok)

* Nachwuchsautor, forscht über Menschen
* spielt für sein Leben gerne und ist schokoladensüchtig

Inhalt

Prolog

Vor vielen Jahren

»Das muss es sein.« Mit leuchtenden Augen starrte Doktor Archibald von Thun auf den Tiegel.

In der steinernen Schale befand sich ein blaues Pulver, so fein wie Sand. Ein Glitzern ging davon aus, als handele es sich um Abertausende Kristalle, die Magie verströmten.

»Das will ich auch hoffen«, kommentierte Franklin und deutete auf die Beule an seiner Stirn. »Gestern haben Sie das Pulver in die Luft geworfen und dann ist es explodiert.«

Archibald lächelte verschmitzt. »Es ist doch nur eine kleine Beule.«

»Ihr Gehilfe zu sein, ist nicht leicht.«

»Irgendwann werden wir gemeinsam darüber lachen. Wenn ich ein Professor bin und du … immer noch mein Assistent.« Er meinte es natürlich nur spaßig, wusste jedoch, dass es Franklin ärgerte.

Dieser verdrehte prompt die Augen. »Ich werde eines Tages ebenfalls Professor sein.«

»Zweifellos. Vorausgesetzt, das neue Flüsterpulver explodiert nicht.«

»Ein schrecklicher Name.« Franklin trat vor das Fenster des Labors.

Die Dunkelheit war längst heraufgezogen, die übrigen Gebäude der Universität lagen verlassen auf dem Gelände. Weit entfernt im Hintergrund ragten die Baumwipfel des nahen Waldes empor.

»Aber ich sage dir doch, als ich eine frühe Version fertigstellte – Pulver mit einem leichten Gelbstich –, da hörte ich so ein Raunen. Also passt es doch.«

»Vermutlich Ihre überstrapazierten Nerven, Doktor«, merkte Franklin an. »Hier flüstert gar nichts.«

»Nun denn.« Archibald griff beherzt in die Schale und warf eine Handvoll des blauen Pulvers in die Luft.

Wie Sternenstaub rieselte es herab, umhüllte zuerst ihn und dann Franklin in einer dichten Wolke. Glücklicherweise, ohne zu explodieren.

Sein Assistent begann sofort zu husten. »Ich bin allergisch.«

»Auf was denn?«

»Natürlich auf etwas, was im Pulver enthalten ist.«

»Letzte Woche dachtest du das auch, aber am Ende war es nur die scharfe Chilischote in deinem Essen.«

»Was hatte die auch darin zu suchen«, murrte Franklin.

Er wollte seinen Assistenten gerade wieder beruhigen, da erschien das Licht. Die Bäume des nahen Waldes glühten auf.

»Was ist, warum schauen Sie mich so an?« Franklin wirkte verunsichert. »Hat das Pulver Ihren Verstand womöglich vernebelt? Oder meine Haare verfärbt?« Er betastete ängstlich seinen dichten Schopf brauner Haare.

»Der Wald.«

Zuerst starrte der Assistent ihn nur verwirrt an, dann fuhr er herum. »Er leuchtet!«

»Ich wusste es«, hauchte Archibald. »Das Flüsterpulver funktioniert.«

Und die abenteuerliche Reise von Archibald von Thun begann.

Der nächtliche Ausflug

Der ferne Anblick des kleinen Städtchens Winterstein brachte etwas in Lukas zum Klingen. In der Dunkelheit schimmerten die Straßenlaternen wie goldene Farbkleckse auf einer schwarzgrauen Leinwand. Die Tatsache, dass er hoch über den Gebäuden dahinflog, bereitete ihm aber gleichzeitig ein flaues Gefühl im Magen. Was, wenn das Flugpulver plötzlich seine Wirkung verlor? Er würde herabstürzen und von der Kirchturmspitze aufgespießt werden.

»Alles in Ordnung?!«, rief Ella. Ihre blonden Haare wirbelten im Wind.

»Bestens«, krächzte Lukas.

»Wir sind gleich da. Keine Sorge, das Flugpulver wirkt

noch mindestens eine Stunde.« Sie wurde langsamer, bis sie beide auf gleicher Höhe waren.

»Woher weißt du das?«

Ohne das blonde Haar wäre Ella fast unsichtbar gewesen. Genau wie er selbst. Sie trugen beide schwarze Kleidung, um am Himmel nicht aufzufallen. Wenn ein Bewohner von Winterstein hinaufschaute, hätte es ihn bestimmt schockiert, zwei fliegende Kinder zu sehen.

»Ich habe das getestet«, erklärte sie. »Zuerst mit einer Waage verschiedene Portionsbeutel gewogen und mich dann damit bestreut. Wir haben beide 100 Gramm Flugpulver benutzt, das wirkt etwa eineinhalb Stunden. Außer es regnet.«

Im Fall von Regen wäre wohl alles in wenigen Sekunden abgewaschen und ihr Flug würde in einem abrupten Absturz enden. Zum Glück war der Himmel wolkenfrei.

Endlich tauchte unter ihnen die Schule auf.

»Wenigstens war von dem Flugpulver noch genug da«, sagte Lukas. »Sonst hätten wir jetzt wirklich ein Problem.«

Der geheime Arbeitsraum des Professors hinter der Bücherregaltür in Lukas' Zimmer enthielt zahlreiche Tränke und Pulver. Das Wichtigste von allen war allerdings ausgegangen – das Flüsterpulver. Nur dank diesem konnten Ella und Lukas den Flüsterwald betreten und erkennen, wie er wirklich war: jede Nacht hell erleuchtet und voller magischem Leben.

»Wenn diese Warks das Pulver nicht verboten hätten, wäre das alles kein Problem«, murrte Ella. »Dann hätten Rani, Felicitas und Punchy uns einfach welches bringen können.«

Bei dem Gedanken an sein Zusammentreffen mit der Ordnungsmacht des Flüsterwalds – den echsenähnlichen Warks – schlug Lukas' Herz schneller. Sie waren gnadenlos und hatten etwas gegen Menschen. Irgendwie verständlich, immerhin war es ein Mensch gewesen, der vor vielen Jahren weite Teile des Waldes abgebrannt hatte.

»Wenigstens hat dein Großvater das Rezept notiert«, rief Lukas und deutete auf seinen Rucksack. »Mit den Zutaten können wir selber welches herstellen.«

Es hatte mehrere Tage gedauert, alles Nötige zusammenzusuchen. Besonders schwierig war es gewesen, an Bernstein heranzukommen. Lukas' Mutter wäre beinahe das Dinkelbrötchen aus dem Mund gefallen, als er sie beim Frühstück über verschiedene Kräuter ausfragte und freiwillig anbot, mit zum Dienstagsmarkt zu gehen.

Was jetzt noch fehlte, war simpel: ein Mörser, ein Stößel und ein Bunsenbrenner. Es gab exakt einen Ort, an dem sie so etwas finden konnten. Das Chemielabor der Schule.

»Jetzt tiefer!«, rief Ella.

Sie schwebten auf das Fenster zu, das hoffentlich noch immer offen stand. Nach der letzten Stunde hatten sie extra gewartet, bis die Reinigungskraft fertig gewesen war. Mit der Ausrede, etwas vergessen zu haben, war Lukas in das Labor geeilt und hatte eines der Fenster geöffnet.

»Hoffentlich hat das niemand mehr überprüft«, flüsterte er.

»Sonst müssen wir kreativ werden«, sagte Ella mit einem verschmitzten Lächeln.

Glücklicherweise musste Lukas nicht herausfinden, was sie damit meinte. Das Fenster ließ sich mühelos aufdrücken. Sie schwebten in den Raum und Lukas atmete auf, als seine Füße wieder festen Boden berührten.

Wie besprochen betätigte Ella den Schalter für die elektrischen Rollläden und ließ sie herab. Lukas holte alles Nötige aus dem Schrank. Schnell breitete er alles auf der weißen Arbeitsplatte aus und schloss den Bunsenbrenner an.

Als er das kleine Rädchen drehte, geschah nichts.

»Du musst erst die Gasleitung öffnen. Dazu braucht man aber einen Schlüssel.« Ella deutete auf einen Tisch neben dem Pult. »Schließ den Brenner besser dort an. Das ist die Extraleitung der Lehrer, da gibt es bloß einen Kippschalter. Der funktioniert ohne Schlüssel.«

Lukas eilte zu dem Tisch, dessen Oberfläche mit einer Schicht aus Porzellan überzogen war.

Das Mondlicht schimmerte durch die Ritzen der Rollläden und tauchte das Chemielabor in ein Spiel aus Silberlicht und Schatten.

Endlich flammte der Bunsenbrenner auf.

Verschwörerisch beugte sich Ella über den Mörser. »Also gut, du liest vor, ich zerstoße die Zutaten.«

Lukas kramte das Buch aus seinem Rucksack und schlug die entsprechende Seite auf. »Dein Großvater hat wirklich eine furchtbare Schrift.« Stockend begann er zu lesen.

Nachdem alles vermessen und zerstoßen war, nahm Ella den Metallgreifer, hob die Schale in die Höhe und hielt sie über den Bunsenbrenner. Die Flamme tanzte unter dem Porzellan.

»Schau«, hauchte Ella.

»Es wird tatsächlich zu Pulver«, staunte Lukas.

Nach exakt drei Minuten stellte Ella die Schale wieder auf den Tisch. »Versuchen wir es?«

»Auf jeden Fall.« Lukas spürte ein Prickeln in seinen Fingern.

Ella holte aus und warf das Pulver in die Luft.

Rums!

Es explodierte in einer Rauchwolke.

Verdutzt sahen sie einander an. Ellas Haare waren schwarz vor Ruß. Lukas blickte entsetzt in den Spiegel und erkannte, dass seine sich grün eingefärbt hatten.

»Ella!«

»Wieso schreist du mich an? *Du* hast das Rezept vorgelesen!« Sie nahm das Buch. »Wir hätten nur *eine* Lavendelblüte benötigt.« Seufzend schlug sie es zu. »Versuchen wir es noch einmal.«

»Und meine Haare?«

»Die musst du bestimmt nur waschen, dann verschwindet der Effekt. Sei froh, dass sie sich nicht in Gänseblümchen verwandelt haben.« Sie kicherte.

In Gedanken sah sich Lukas am nächsten Tag am Frühstückstisch erscheinen, den Kopf voller Radieschen oder Löwenzahn. Was würde seine Mutter dazu sagen?

Beim zweiten Versuch waren sie eindeutig näher am Ziel, denn er sah blaue Lichter tanzen. Das mochte andererseits auch daran liegen, dass der Knall ihn umgeworfen hatte.

»Wieso hast du es nur auf mich geworfen?«, fragte er anklagend.

»Um dir im Notfall helfen zu können natürlich«, erwiderte Ella zuckersüß. »Im Flugzeug zieht man auch immer zuerst sich selbst die Maske auf.«

Auf kleiner Flamme köchelnd sah er dem dritten Versuch entgegen.

Wieder flirrte das Pulver. Der bekannte Glitzereffekt umwölkte Lukas. Als er durch die Schlitze des Rollladens nach draußen spähte, sah er das leuchtende Blau des Flüsterwaldes in der Ferne.

»Es hat funktioniert!«

Ella warf einen Blick auf die Uhr. »Siehst du und wir haben sogar noch fünfzehn Minuten für den Rückflug.«

Zufrieden reinigten sie die Geräte unter dem Wasserhahn und verstauten alles wieder im Schrank. Was blieb, war ein durchdringender Lavendelgeruch, der sich hoffentlich schnell verflüchtigen würde.

Sie zogen das Fenster hinter sich zu und stiegen hinauf in den Nachthimmel über Winterstein.

In den nächsten Tagen wollten sie alles vorbereiten, um für das nächste Abenteuer im Flüsterwald gewappnet zu sein. Doch zuvor musste Lukas die schlimmste Herausforderung seiner bisherigen Schullaufbahn meistern: die Theater-AG.

Die Theater-AG

Immerhin, sein Haar war nicht mehr grün. Trotzdem entwickelte sich der nächste Tag zu einer Tortur.

»Stützen«, rief Herr Peters. »Du musst deine Stimme stützen.«

Der Leiter der Theater-AG war in seiner Freizeit selbst Schauspieler und hatte bereits in mehreren Stücken der Stadt Winterstein mitgespielt. Bedauerlicherweise wollte er diese Leidenschaft auf all seine Schüler übertragen.

Lukas hatte Herrn Peters klargemacht, dass es sich hier um eine Strafarbeit handelte und seine eigentliche Leidenschaft sich erstens in Grenzen hielt und zweitens eher mit Computern zu tun hatte. Da musste man keine Stimmen stützen, nur mit dem Zehnfingersystem auf Tastaturen einhämmern.

Doch der Lehrer hatte ihm nur die Schulter getätschelt und erklärt, dass Lukas bis zum Ende des Schuljahres – inklusive der Theateraufführung – Teil dieser AG war. Die Noten gab es erst ganz zum Schluss.

Seitdem vollführten sie Sprachübungen, Dehnübungen und lasen Dialoge aus einem kleinen gelben Buch ab. Die Hälfte der Worte verstand Lukas nicht, was vermutlich der Grund für das dicke Lexikon war, das in Griffweite lag. Sie waren dazu angehalten, darin nachzuschlagen, wenn etwas unklar sein sollte. Und das war eine Menge.

Herr Peters wollte in der kommenden Stunde Probeszenen spielen lassen, um sie alle einzuschätzen. Bedauerlicherweise gelang es Marina, einem Mädchen aus der Parallelklasse, die Rolle des Baumes zu ergattern. Sie musste lediglich ihre Arme in die Höhe halten, sich leicht hin und her bewegen und dazu pfeifende Geräusche machen. Lukas war neidisch.

»Ganz hervorragend, Ella.« Herr Peters glich einer gespannten Sprungfeder, den Rücken durchgestreckt und die Augen mit klarem Fokus. »Haltung annehmen, Kopf leicht in die Höhe gerichtet. Du bist die Herrin des Hauses.«

Lukas stöhnte auf, was die Aufmerksamkeit des Lehrers direkt auf ihn lenkte. »Ja?«

»Nichts«, wiegelte er ab.

»Und dabei dachte ich gerade, du willst für die nächste Rolle deinen Hut in den Ring werfen.«

Der Blick wurde so durchdringend, dass Lukas schließlich zögerlich nickte. »Absolut.«

Schnell suchte er in dem kleinen Büchlein nach der richtigen Passage. Die Schrift war winzig. So viel Text!

»Haltung annehmen, Schultern gerade«, verlangte Herr Peters. »Versenke deinen Geist in der Rolle. Nimm das Ich deiner Figur an. Erarbeite dir eine Vorgeschichte, die dich an diesen Punkt im Leben des Charakters führt. Stimme stützen.«

Die Worte bildeten in Lukas' Geist ein Knäuel. Dass er keine Ahnung davon hatte, um welche Figur es sich handelte, machte das Ganze nicht besser. Gab es da nicht einen Dieb? Und den Edelmann?

»Verbeugen«, verlangte Herr Peters. »Ausgezeichnet, das bekommst du hin. Und es sind ja nur wenige Sätze.« Er wandte sich Ella zu. »Contessa, Ihr neuer Butler.«

Panisch sah Lukas sich um. Da musste ein Irrtum vorliegen. Doch Ellas breites Grinsen verriet alles. Er hatte die Rolle ihres Bediensteten ergattert.

»Ich trinke meinen Tee mit einem Tropfen Milch«, flötete sie, während Herr Peters sich darum bemühte, Alexander in die Diebesrolle zu formen.

»Ich werde ihn verschütten, dann musst du mich entlassen.«

»Das gäbe aber eine schlechte Note.«

Lukas' Frust wuchs. Eigentlich hatte er Direktor Arnold gemocht. Zumindest bis dieser ihn wegen des kleinen Vorfalls im Informatikunterricht zur Theater-AG verdonnert hatte. Bloß weil Lukas Kontakt mit Micha hatte aufnehmen wollen, von dem er in den letzten Wochen kaum etwas gehört hatte. Nur kurze Chat-Nachrichten. Er war wohl mit seinen neuen Freunden beschäftigt.

»So schlimm ist es doch auch nicht«, sagte Ella besorgt. »Es wird dir Spaß machen.«

Sie hatte keine Ahnung, woran er gerade tatsächlich dachte.

»Und ich bin eine gute Hausherrin. Eine Contessa. Eine echte Lady. Meinen Angestellten geht es gut.«

»Stand da in diesem Büchlein nicht etwas davon, dass beim Abendessen jemand stirbt? Ist das ein Krimi?«

»Keine Sorge«, Ella winkte ab. »Du kannst gar nicht sterben.«

»Warum?«

»Der Mörder ist immer der Butler.« Sie kicherte.

Ihre gute Laune färbte auf Lukas ab und sofort fühlte er sich etwas besser. Immerhin würde er bald seine Flüsterwald-Freunde wiedersehen. Sobald sie dem Professor geholfen hatten, würde dieser endlich das Baumhaus verlassen können, das aktuell sein Gefängnis war. Durch eine gemeine Intrige des dunklen Magiers war Ellas Großvater dort gelandet.

Bis Herr Peters alle Rollen besetzt hatte, war die Stunde vorbei und er kündete für nächste Woche an, die erste Szene zu proben.

Ella hatte angeboten, den Aufräumdienst zu übernehmen, und Lukas blieb mit ihr alleine zurück.

»Es ist wirklich nett, dass du deiner Freundin hilfst, Lukas«, sagte Herr Peters beim Hinausgehen. »Aus dir machen wir noch einen richtigen Schauspieler.«

Damit fiel die Tür ins Schloss.

Vorsichtshalber warteten sie ein paar Sekunden, dann eilten Ella und Lukas durch eine schmale Tür an der Bühne vorbei in den Requisitenraum. Hier waren die Verkleidungen, Masken und Perücken untergebracht.

Um dem Professor zu helfen, mussten sie mit einer magischen Standuhr in der Zeit zurückreisen. Genauer: in die 1980er-Jahre. Da heutige Kleidung dort auffiel, benötigten sie Ersatz.

»Wenigstens brauchen wir keine Perücken.« Lukas deutete auf ein Regal voll damit.

»Das sagst du. Die hatten damals alle Schnurrbärte und buschige Locken.«

»Wirklich?«

»Ich habe zu Hause das Fotoalbum meiner Eltern durchblättert. Wir müssen wirklich viel beachten, um keinen Fehler zu machen.«

Lukas schüttelte den Kopf. »Ich ziehe trotzdem keine Perücke an.«

»Wir sind ja auch noch Kinder, da fallen wir nicht so auf wie Erwachsene.«

Sie pickte sich aus dem Stapel für die Mädchen ein paar Dinge heraus, Lukas aus dem der Jungs. So schlimm war das Ergebnis gar nicht. Die Hosen hatten einen leichten Schlag am unteren Ende und das T-Shirt war einfarbig, hatte aber einen andersfarbigen Streifen an Kragen und Ärmel. Die Turnschuhe waren weiß und ähnelten fast den modernen Sneakers, die Lukas besaß. Sogar einen gemütlichen Hoodie gab es.

Ella kramte in einem der Kartons und förderte zwei Walkie-Talkies zutage. »Damit können wir uns unterhalten, wenn wir mal getrennt werden.«

»Wow.« Lukas nahm eines der Geräte entgegen und betrachtete es.

Das Gehäuse bestand aus gelbem Plastik, die Antenne

konnte man herausziehen. Zwei Schalter saßen an der linken Seite. Auf der Rückseite gab es einen Haken, mit dem man das Gerät am Gürtel befestigen konnte.

Da seine Eltern sich standhaft weigerten, ihm ein Smartphone zu kaufen, wäre das vielleicht sogar etwas, das man dauerhaft verwenden konnte. Gab es heutzutage überhaupt noch Walkie-Talkies? Er musste das unbedingt prüfen.

Sie stopften alles in ihre Rucksäcke.

»Damit wären wir ausgerüstet«, sagte Ella. »Und sobald wir fertig sind, bringen wir alles wieder zurück.«

Wie versprochen räumten sie noch auf, schlossen ab und liefen dann nach Hause. Bevor die Reise begann, war einiges vorzubereiten. Sie mussten in den Geschichtsbüchern nachschlagen, wie es in der damaligen Zeit in Winterstein ausgesehen hatte. Bei Frau Stein in der Bibliothek wurden sie fündig.

Auf Schwarz-Weiß-Bildern war die Stadt abgebildet, wie sie damals ausgesehen hatte. Der große Brand, der gewütet hatte. Der freie Bereich, wo viel später der neue Marktplatz gebaut worden war. Die Gebäude der Universität (die sich bis heute nicht verändert hatten). Lukas konnte sich nur schwer vorstellen, dass sie bald durch das alte Winterstein streifen würden, um den jungen Professor zu finden.

Eines Abends stieg er mit Ella auf den geheimen Speicher

hinauf und sie fanden einen Zettel von Felicitas. Sie hatte ihre Recherchen zur Zeitmagie beendet. Am kommenden Abend wollten sie sich alle im Baumhaus im Flüsterwald treffen.

»Perfekt«, freute sich Ella. »Dann bleibt uns nur noch eine Sache zu erledigen.«

»Ach ja?«, fragte Lukas. »Und das wäre?«

»Wir prüfen, ob unser Plan im Baumhaus funktioniert hat«, sagte sie.

Lukas nickte freudig. »Schließlich haben wir es versprochen.«

Er war gespannt darauf, was sie erwartete.

Das Versprechen

»Du verbringst wirklich viel Zeit mit Ella«, kommentierte seine Mutter und trug dabei wieder dieses seltsame Lächeln auf ihrem Gesicht.

Lukas verdrehte die Augen. »Wir sind eben Freunde.«

Sie stellte ihm den Wäschekorb mit seiner frischen Kleidung neben den Schrank. »Auf jeden Fall ist dein Zimmer viel sauberer als vorher.«

»Was meinst du denn damit?! Ich bin immer ordentlich.«

»Bezogen auf deine Bücher, mein Schatz.« Sie tätschelte ihm den Kopf. »Aber wenn wir von deinen Hosen oder T-Shirts sprechen, die findet man überall. Dabei fällt mir ein: Aus irgendeinem Grund fehlen zwei deiner Hoodies.«

Lukas schluckte. Bei den letzten Abenteuern im Flüsterwald hatten diese ziemlich gelitten. Seine Mutter hätte wohl die ein oder andere Frage gestellt, wenn sie blutverschmierte, von Krallen zerfetzte Hoodies im Wäschekorb entdeckt hätte.

»Die sind bestimmt … irgendwo.« Er wedelte mit der Hand. »Kannst du jetzt gehen? Ich will noch lesen.«

Seine Mutter blickte mit gerunzelter Stirn auf den Bildband aus den 1980er-Jahren. »Zuerst die Sache mit den Kräutern, dann unser Fotobuch, jetzt das. Woher kommt dieses plötzliche Interesse?«

»Reine Neugierde.«

»So, so.« Sie ging hinaus, vermutlich um über die verschwundenen Hoodies nachzudenken. Bisher hatte Lukas diese einfach in einer Tüte im Studierzimmer versteckt. Er würde Felicitas fragen, ob man magisch etwas gegen Blut und Stoffrisse machen konnte.

Nun galt es zu warten.

Lukas verbrachte die Stunden vor der Dämmerung damit, Brote und Kekse zu futtern. Sein Rucksack lag fertig gepackt bereit. Nur Ella fehlte noch.

Um acht huschte er hinunter und öffnete die Haustür einen Spalt, damit sie hineinschlüpfen konnte. Kurz darauf verkündete er seinen Eltern, aufgrund von abrupt auftretender Übermüdung schon jetzt schlafen zu gehen. Im Zimmer legte er zufrieden den Riegel vor. »Bereit?«

Ella grinste. »Immer!«

Wie stets kribbelten seine Finger voller Vorfreude, als er vor das Bücherregal trat. Eines der Bücher verbarg den Mechanismus, man konnte daran ziehen oder es hineindrücken, dann öffnete sich die verborgene Tür. Lukas zog.

Mit einem Klacken setzten sich Hebel und Zahnräder in Gang, ein Teil des Regals klappte auf.

Gemeinsam stiegen Ella und er die Treppenstufen hinauf. Die Glühbirnen an den Seiten leuchteten automatisch auf, sobald jemand die Treppe betrat. Oben angekommen, erwartete sie der vertraute Anblick des Studierzimmers.

Die Tiegel mit Pulver und Fläschchen voller Flüssigkeiten standen auf den Regalen, Bücher lagen aufgeschlagen auf dem Tisch, das Pendel der Standuhr schwang sachte hin und her. Durch die Fenster konnte man in der Ferne die dunkle Silhouette des Flüsterwaldes erkennen. Von außen waren sie nicht zu sehen, der gesamte Bereich unter dem Dach war magisch verborgen.

Ella nahm eins der Fläschchen, in die sie das Flüsterpulver abgefüllt hatten. Auf diese Art konnten sie es stets bei sich tragen, in praktischen Portionen. Sie entkorkte es und schüttete das Pulver über ihr blondes Haar. Lukas tat es ihr gleich.

Als er erneut zum Wald blickte, erstrahlte dieser in hellem

Licht. Jetzt konnte er die magischen Wesen des Waldes sehen, die zwischen den Stämmen hin und her huschten.

»Ich aktiviere das Portal«, verkündete Ella.

Sie trat an die magische Standuhr und stellte die Zeiger auf fünf vor zwölf.

Lukas packte noch Fläschchen mit dem abgepackten Pulver und ein paar Tränke ein.

In der Standuhr baute sich die Verbindung zu dem Gegenstück im Baumhaus auf, das Felicitas, Punchy und Rani hoch in den Wipfeln eines Baumes errichtet hatten.

Das Pendel verschwand und an seine Stelle trat ein Leuchten. Damit war der magische Durchgang geöffnet. Ella sprang sofort hinein und Lukas folgte ihr. Für ein paar Sekunden fühlte er sich wie eine Ameise, die einen Abfluss hinuntergespült wurde. Doch das Gefühl verging und schon stolperte er aus dem Portal.

Nur um mit einem gänzlich unerwarteten Anblick konfrontiert zu werden.

»Ich weiß nicht, ob unser Plan tatsächlich eine so gute Idee war«, sagte Lukas.

Ella hüpfte beiseite, als eine der Babykatzen auf ihre Schulter sprang und nach ihrem Haar griff. »Lass das.«

Das gesamte Baumhaus war voller Katzen. Kleine und große, gescheckte und einfarbige.

Dazwischen stand Rani. Der Menok, der äußerlich einer Mischung aus Biber und Hamster glich, schien kurz vor der Explosion zu stehen. Was vermutlich daran lag, dass eine Babykatze ihn ableckte.

»Sag ihr, sie soll damit aufhören!«, forderte er.

»Hallo, Rani.« Lukas schluckte. »Sie wird nicht auf mich hören.«

»Aber du hast sie gerufen«, sagte er anklagend. »Das sind keine Flüsterwaldkatzen. Sie kommen aus eurer seltsamen Stadt.«

Ella gelang es endlich, den kleinen Racker abzusetzen, der ihre blonden Haare so faszinierend fand. »Woher erkennst du das?«

»Am Flauschigkeitssindex des Fells.«

»Bitte?«, hakte Lukas nach.

Rani strich sich über sein seidiges Menok-Fell. »Eure Katzen haben ein struppiges Fell. Kein Wunder, sie scheinen sich ständig abzulecken. Hör gefälligst auf!« Er gab der Babykatze mit seinem Greifschwanz zu verstehen, dass sie ihn in Ruhe lassen sollte.

Lukas wusste mittlerweile, dass Rani sein Fell überaus wichtig war. Ständig suchte er nach Möglichkeiten, es noch glänzender zu machen. »Wir haben sie tatsächlich angelockt.«

»Mit einer magischen Paste«, erklärte Ella.

Den Tipp verdankten sie erneut dem Buch des Professors. Die Tinktur lockte herrenlose Katzen an, die sich einsam fühlten und eine neue Familie suchten.

»Aber warum?«, fragte Rani entsetzt.

Eine der Babykatzen sah in Ranis Greifschwanz wohl das Gegenstück zu einem Wollknäuel und begann, danach zu jagen.

Lukas erinnerte den Menok an ihr Abenteuer bei den Stollenzwergen. Bevor sie zu Ellas Großvater aufbrachen, wollte er einen Abstecher machen, um König Unterfuß wie versprochen ein paar neue Gefährten vorbeizubringen. Wie sich herausgestellt hatte, liebten die Bergbewohner Katzen und behandelten sie wie Königinnen. Sie wurden massiert, gestreichelt und es würde Lukas nicht wundern, wenn eines Tages eine Katze auf dem Thron des Königs saß.

Plötzlich ging ein Ruck durch die Tiere. Mit einem Satz drückten sie sich alle aneinander und starrten freudig erregt auf das andere Ende des Baumhauses.

Lukas ahnte durch das *Flapp-Flapp* in der Luft bereits, wer da kam.

Tatsächlich: Felicitas schoss mit dem ihr typischen Schwung heran. »Lukas, Ella!«

Mit ein wenig Verspätung erkannte sie Rani, der sich zuerst aus dem Knäuel aus Katzen befreien musste.

»Das ist eine Gemeinheit!«, rief er.

Mit einem eleganten Satz sprang Felicitas' Begleitkatze Punchy in das Baumhaus. Mit wiegendem Gang kam sie näher, blickte herrschaftlich über die kleinen Katzen aus Winterstein und ließ sich auf einem Sitzkissen nieder. Wie von einem Thron schaute sie auf ihre Gefährten herab.

»Damit hätten wir die Kleinen wenigstens unter Kontrolle«, merkte Ella an.

»Die sind bestimmt für das Stollenvolk«, begriff Felicitas sofort. »Das ist so nett von euch. Ja, Versprechen muss man halten.«

»Bringen wir sie hin«, schlug Lukas vor. »Und auf dem Weg erzählst du uns alles, was du über Zeitmagie herausgefunden hast, ja?«

Felicitas' Strahlen verblasste. »Was ich zu erzählen habe, wird dir aber bestimmt nicht gefallen, Lukas.«

Sie schwebte zum Rand des Baumhauses und blickte niedergeschlagen in die Tiefe.

Zeitmagie

Lukas wappnete sich für das Schlimmste.

Zusammen mit den Kätzchen quetschten sie sich auf das Podest der Blinzelbahn. Mittlerweile hatte Felicitas Ella und ihm auch wieder zur Tarnung magische Elfenohren wachsen lassen.

Heute hatte er selbst das Ziel angewählt, sich bei der Bahn bedankt und starrte jetzt auf den Kristall über dem Tunnel.

»Du musst blinzeln«, half Felicitas ihm freundlich aus.

»Ich weiß.« Er schluckte. »Aber vor der Fahrt muss ich mich … noch etwas vorbereiten.«

»Ach ja?« Rani spitzte die Ohren und griff mit seiner Hand in die Felltasche. »Und wie genau machst du das?« Er zückte den Stift und öffnete sein Büchlein, in dem er ständig alle seltsamen Dinge über Menschen notierte.

Kurzerhand lächelte Lukas, wandte den Blick wieder zu dem Kristall und blinzelte.

Wusch.

Sie wurden herumgewirbelt wie bei einer Waschmaschine im Schleudergang und sausten durch die Röhre. Oben wurde zu unten, Sekunden dehnten sich aus.

Dann purzelten sie auf die Zielplattform.

Immerhin: Es war das erste Mal, dass Lukas nicht einfach umkippte. Felicitas flog sogar gleich mühelos geradeaus. Und Ella schien sowieso völlig unbeeindruckt vom Effekt der Blinzelreise zu sein.

Die Katzen sahen dagegen aus, als habe man sie nass gespritzt und danach in den Trockner gesteckt. Ihr Fell stand in alle Richtungen zu Berge und sie miauten empört.

Rani kochte vor Wut. »Beinahe hätte ich mein Buch verloren!« Seine linke Pfote hatte sich um den Einband verkrampft, er musste jeden Finger mit der rechten einzeln aufbiegen. »Ich mag diese Blinzelbahn nicht.«

Insgeheim gab Lukas ihm recht. Sie stapften durch den Stollen zum Eingang des Berges, wo der Wächter des Stollenvolks sie bereits erwartete.

Mit grimmig verschränkten Armen fragte er: »Was wollt

ihr?« Dann sah er die Katzen. Seine Augen wurden groß, ein Lächeln überzog sein Gesicht.

»Wir bringen euch ein paar neue Mitbewohner«, erklärte Lukas. »Wie versprochen.«

Minuten später wimmelte es nur so vor Stollenzwergen, die die Kätzchen begeistert kraulten. Selbst König Unterfuß war erschienen und bot sofort an, ein Fest auszurichten. Doch die Freunde wiegelten ab. Sie hatten einen wichtigen Auftrag zu erledigen; der Professor wartete auf sie. Zudem hatten die Bergbewohner, wie es schien, einen neuen Geruch für sich entdeckt. Aus dem Eingang drang der Duft von Schokolade.

Glücklicherweise reagierte Ella gedankenschnell und packte Rani fest an seinem Greifschwanz. »Wir müssen jetzt wirklich los.«

Gemeinsam eilten sie davon.

Traurig drehte sich Rani zum Eingang um. »Ob sie dort unten Schokoladenbäume gepflanzt haben?«

»Schokolade wächst nicht auf Bäumen«, erklärte Lukas.

»Natürlich tut sie das«, behauptete er. »Unsere Eltern haben uns oft davon erzählt. Zum Einschlafen.« Er seufzte. »Leider muss man sehr fleißig sein und auf seine Eltern hören, damit sie sichtbar werden.«

»Das sind vermutlich Kindergeschichten«, sagte Ella leise.

Während sie wieder zur Plattform der Blinzelbahn gingen, räusperte sich die Elfe. »Bevor wir uns zu deinem Großvater blinzeln, muss ich euch noch erzählen, was ich über Zeitmagie herausgefunden habe«, erklärte sie. »Der Rat hat sie vor langer Zeit verboten und einen Bann über den Flüsterwald gelegt. Dieser verhindert, dass Zeitmagie überhaupt funktioniert.«

»Aber wie kann die Standuhr des Professors uns dann überhaupt in die Vergangenheit tragen?«, fragte Lukas.

»Der Gefängnisbaum steht gar nicht im Flüsterwald«, sagte Rani. »Er war doch von diesem weiten Feld umgeben, auf dem alles abgebrannt war.« Ein Zittern lief durch sein Fell.

Vermutlich dachte er an die Angreifer, gegen die sie hatten kämpfen müssen. Bei ihrer Suche nach Ellas verschwundenem Großvater hatten sie das öde Feld überquert und waren von gruseligen Skeletten angegriffen worden.

»Genau«, bestätigte Felicitas. »Das ist natürlich Glück für deinen Großvater, Ella. Aber diese Reisen durch Portale der Zeit sind überaus ungenau. Manchmal gehen sie daneben.«

»Das wird ja immer besser.« Lukas fühlte sich zunehmend unwohl.

»Ihr könnt hierbleiben«, sagte Ella entschieden. »Ich möchte euch nicht in Gefahr bringen.«

»Kommt nicht infrage«, stellte Lukas sofort klar. »Wir sind ein Team. Gemeinsam haben wir den Lavatümpel, das Unterwasserabenteuer und die Kletteraktion in der Himmelsstadt überstanden. Deinen Großvater bekommst du auch zurück.«

Rani hatte längst wieder seine Brille aufgesetzt und schrieb eifrig in sein Büchlein. Lukas wollte gar nicht wissen, was für seltsame Theorien darin landeten. Er linste zwar auf das Papier, doch der Menok rückte sofort ein wenig ab.

»Du kannst es lesen, wenn es fertig gedruckt wurde«, sagte Rani.

»Also, wir haben eine ungenaue Zielpeilung«, brachte Ella die Gespräche wieder auf das eigentliche Thema. »Was noch?«

»Wir dürfen nichts in der Vergangenheit verändern«, erwiderte Felicitas. »Gar nichts. Sonst könnte das Auswirkungen auf die Gegenwart haben.«

»Welche denn?«, fragte Rani neugierig.

»Stell dir vor, wir werfen in der Vergangenheit einen Stein vom Berg«, sagte Lukas, der natürlich schon zahlreiche Bücher über Zeitreiseabenteuer gelesen hatte. »Und der kullert hinunter, wird zu einer Lawine und begräbt Winterstein unter sich.«

»Dann wäre die Stadt verschüttet worden und wer weiß, ob es dann heute überhaupt unser Haus geben würde«, erklärte Ella.

»Wir hätten uns vielleicht niemals kennengelernt«, sagte Felicitas mit vor Entsetzen geweiteten Augen.

»Das wäre natürlich nicht schön.« Rani nickte unbeeindruckt.

»Wenn die Lawine aber alle Schokoladenbäume unter sich begraben hätte …«, begann Lukas.

Der Menok zuckte zusammen. »Das wäre entsetzlich! Wir dürfen auf keinen Fall einen Fehler machen. Vielleicht sollten wir diese ganze Reise noch mal überdenken.«

Leise flüsterte Ella Lukas zu: »Er weiß eben, was wichtig ist!«

Lukas kicherte. »Und meine Mum sagt immer, dass *ich* zu viel Schokolade esse.«

Wenigstens konnten sie nun davon ausgehen, dass Rani sich exakt an jede Anweisung hielt.

Sie stiegen wieder auf das Podest. Dieses Mal war es Ella, die als Ziel den Gefängnisbaum festlegte. Ein Blinzeln und schon sausten sie dorthin.

Der Professor hatte gerade an einer seltsamen Apparatur gearbeitet und sah freudig auf.

»Ella«, begrüßte er seine Enkelin und zog sie mit einer

Umarmung an seinen gewölbten Bauch. »Es ist so schön, dich wiederzusehen.« Er schenkte auch Lukas, Rani und Punchy ein freundliches Lächeln. »Ihr wollt es also tatsächlich tun.«

Sie bejahten alle.

»Du ebenfalls?«, fragte Archibald von Thun an Felicitas gewandt. »Anfangs warst du doch skeptisch.«

»Das bin ich immer noch«, erklärte die Elfe. »Aber ich möchte auf meine Freunde aufpassen.«

»Ich danke euch allen.« Der Professor wischte sich gerührt über die Augen.

Sie waren im Keller des Baumgefängnisses herausgekommen, wo es neben dem Blinzelpodest noch weitere Erker und Räume gab. In einem davon erhob sich die Standuhr.

Bereits auf den ersten Blick war zu erkennen, dass es keine »gewöhnliche« Portaluhr war. Aus einer geöffneten Seite lugten Zahnräder hervor, dazwischen steckten leuchtende Kristalle. Neben den Zeigern der Uhr gab es eine längliche Datumsanzeige wie auf dem uralten flachen Wecker von Lukas' Eltern.

»Ihr werdet ins Jahr 1981 zurückreisen«, erklärte Archibald von Thun. »Ihr dürft niemandem sagen, wer ihr seid. Verratet nichts über die Zukunft. Euch muss es nur gelingen, meinem jüngeren Ich einen Tropfen Blut zu entnehmen. Das war es. Danach kommt ihr sofort zurück.«

»Aber wie?«, fragte Ella. »Damals gab es die Standuhr doch noch gar nicht.«

Der Professor reichte ihr eine goldene Taschenuhr. »Damit könnt ihr das Portal für die Rückreise aktivieren. Konzentriert euch stets exakt auf den Ort und die Zeit, damit die Uhr zielen kann. Wenn ihr das nicht tut, kann es auch vorbeigehen. Daher nicht ablenken lassen.«

»Alles klar«, bestätigte Lukas. »Sonst noch etwas?«

»Viel Glück«, sagte der Professor. »Und kommt gesund wieder.«

Er drückte einen Hebel an der Seite ein und schon erglomm das typische Wabern, fächerte auf und bildete einen großen violetten Bereich vor der Uhr.

Die Freunde warfen sich noch einen Blick zu und nahmen sich bei den Händen.

»Zusammen«, sagte Ella.

Und damit sprangen sie in das Portal.

1981

In einem Augenblick war da noch rotes magisches Licht, im nächsten purzelten sie auf der anderen Seite des Portals in dichtes Grün.

Rani landete kopfüber in einem Busch, Felicitas konnte nur mit einem Looping einem Baumstamm ausweichen. Lukas stolperte und schlug der Länge nach hin, genau wie Ella. Einzig Punchy gelang es irgendwie, elegant auf allen vieren zu landen und sich sofort aufmerksam umzuschauen.

Immerhin hatte sich Lukas dieses Mal lediglich ein wenig die Handflächen aufgeschürft und sein Hoodie hatte es unbeschadet überstanden.

»Schaut nur«, Felicitas deutete auf die Umgebung ringsum. »Wir sind nicht an dem Platz, an dem das Baumgefängnis steht.«

Lukas betrachtete die fremde Landschaft. »Wir haben eindeutig auch den Ort gewechselt.«

»Solange die gruseligen Schlangen, Skelette und Vögel weg sind, ist mir das recht.« Rani zupfte sich einen Zweig aus dem Fell. »Hier wirkt alles so friedlich.«

Lukas lag eine Erwiderung auf der Zunge, sprach sie aber nicht aus. Es war tatsächlich so. Über dem Wald lag eine allumfassende Ruhe. Eine Art Friede, der jedes Blatt zu durchdringen schien.

»Wir sind in der Zeit vor den dunklen Jahren«, sagte Felicitas leise. »Das merkt man sofort. Die Pflanzen haben noch keine Angst. Auf nach Winterstein!«

Felicitas flog voraus und hatte schnell den Weg zur Blinzelbahn entdeckt. Die nächste Station war gar nicht weit entfernt.

Doch als der Baum in der Ferne auftauchte, in dessen Stamm sich die Treppen zur Blinzelbahn befanden, prangte dort ein großes Schild.

»Eine Trotz-Schließung.« Felicitas landete auf einem nahen Stamm und ließ die Flügel hängen. »Ausgerechnet jetzt.«

»Was ist eine Trotz-Schließung?«, fragte Lukas.

»Jemand war gemein zur Bahn«, erklärte Rani. »Deshalb verweigert sie den Blinzel-Transport.«

Zwischen dem dichten Grün erklang das vertraute *Flapp, Flapp* von Elfenflügeln.

»… du ihn nicht beleidigt, hätte er nicht wütend die Blinzelbahn genutzt!«, hörten sie eine weibliche Stimme.

»Es war doch nur ein Scherz. Eigentlich ist das Muster auf seinen Flügeln total … schön.«

Die Blätter teilten sich. Ein Elfenjunge und ein Elfenmädchen kamen zum Vorschein und blieben verdutzt in der Luft schweben.

»Oh, hallo«, grüßte das Mädchen mit dem dunklen Haar. »Ihr wartet wohl auch auf das Ende der Trotzphase.«

Im Reflex griff Lukas nach seinen Ohren und stellte aufatmend fest, dass sie spitz und lang waren.

»Genau«, erklärte Felicitas. »Wir wollten nach Winterstein.«

Sie stellte nacheinander jeden von ihnen vor.

»Ich bin Janetta und das ist Jorkin«, sagte das Elfenmädchen. »Bei euch beiden ist wohl ein Zauber schiefgelaufen.« Sie deutete auf Lukas und Ella.

Lukas und Ella hatten zwar spitze Ohren, aber sie waren immer noch fünfmal so groß wie die Elfen. Er zuckte gespielt frustriert die Schultern.

»Manchmal ist meine Magie einfach zu wuchtig«, sagte er.

»Passiert bei euch Elfen ja ständig«, warf Rani ein.

Die beiden fremden Elfen warfen sich verwirrte Blicke zu, kommentierten es jedoch nicht weiter.

»Wir sind auch auf dem Weg nach Winterstein«, erklärte Janetta. »Die Trotzphase dauert wohl noch eine Weile, daher nehmen wir die Bibliotheksbrücke. Wollt ihr mitkommen?«

Bevor die anderen etwas sagen konnten, nickte Rani eifrig.

»Sehr gerne!«

Schon flatterten die beiden hilfsbereiten Elfen voraus.

Lukas kannte die Flüsterwald-Bibliothek bereits von seinem ersten Besuch, aber von einer Brücke nach Winterstein hatte er nichts gewusst.

Auf seine Frage schüttelte Felicitas den Kopf. »Ich weiß auch nicht, was das sein soll. Vielleicht ist sie in den dunklen Jahren zerstört worden?«

Sie schlossen zu Rani, Janetta und Jorkin auf. Punchy hielt ihre Ohren gespitzt, sah sich aufmerksam um und hielt sich stets in Felicitas' Nähe.

»Ich habe dich noch nie gesehen«, sagte Janetta prompt an Felicitas gewandt. »Dabei sind wir doch im gleichen Alter. Auf welche Schule gehst du denn?«

»Internat«, erwiderte Felicitas und wie immer bei diesem Thema schlich sich etwas Trauriges in ihre Stimme.

»Dort soll es doch sehr schön sein.« Janetta lächelte freundlich. »Gefällt es dir nicht?«

»Ich wäre lieber daheim.«

»Sie hat das Siebenb…«, begann Rani natürlich sofort.

»Ihre Eltern haben wenig Zeit«, platzte Lukas dazwischen und zischte leise: »Schokoladenbäume!«

Der Menok schlug beide Pfoten und den Greifschwanz vor seinen Mund.

»Das tut mir sehr leid.« Janetta lächelte freundlich. »Aber du hast ja, wie mir scheint, Freunde gefunden.« Sie deutete auf Lukas, Ella, Rani und blieb mit dem Blick an Punchy hängen. »Du bist eine ganz besondere Katze, das sehe ich. Kann es etwa sein …?« Ihre Stimme wurde leiser.

»Was denn?«, fragte Lukas.

»Nichts«, wiegelte Janetta ab. »Für einen Augenblick dachte ich, eure Freundin gehört zum Stamm der Wächterinnen des Katzenberges. Aber das kann nicht sein, schließlich dienen diese nur dem Palast. Wir haben unsere Gefährten heute nicht mitgenommen.«

»Punchy ist eine total gewöhnliche Katze«, half Rani bereitwillig aus und merkte nicht, wie sich das Gesicht von Pedora Ulinde Naftet von Chibalka ärgerlich verzog. »Ihr

Fell glänzt vielleicht ein wenig mehr als normalerweise, aber eigentlich ist sie eine Streun… Aua.« Rani rieb sich den Kopf. »Du hast mich versehentlich getroffen.«

Punchy zog zufrieden ihre Tatze zurück und stolzierte davon.

»Was wollt ihr denn in Winterstein?«, fragte Felicitas.

»Oh, gar nichts«, erwiderte Jorkin schnell. »Uns geht es nur um die Bibliothek, nicht um das Fest. Dort gibt es so viele seltsame Bücher. Angeblich wurden sie von Autoren geschrieben, während sie wach sind.«

»Nein«, gab Lukas sich schockiert. »Wie seltsam.« Er fragte sich, von welchem Fest die Rede war.

»Nicht wahr? Einmal habe ich danach gefragt, aber die Bibliothekarin wollte mir nicht antworten«, sagte Jorkin. »Dabei weiß ich ganz genau, dass sie ein Schattenzwilling ist und es deshalb wissen müsste.«

»Ein w…« Lukas biss sich auf die Lippen. »Tatsächlich?«

Er hatte keine Ahnung, was ein Schattenzwilling war, doch weder Jorkin noch Janetta durften wissen, dass er nichts von den Kreaturen im Flüsterwald ahnte. Abgesehen von seinen Freunden und dem wenigen, was Archibald von Thun in seinem Studierzimmer niedergeschrieben hatte, war alles für ihn Neuland.

Doch gleich würde er es erfahren.

Vor ihnen, eingerahmt von zwei Hügeln und dichtem Farn, lag die Bibliothek des Flüsterwaldes.

Nur von einer Bibliotheksbrücke war weit und breit nichts zu sehen. Was hatte es damit bloß auf sich?

Die Bibliotheksbrücke

Lukas erkannte die Bibliothek des Flüsterwaldes sofort wieder. Ein Turm ragte weit in die Höhe, kleinere Bauwerke schlossen sich an – Türmchen und Erker, Balkone und Leseplattformen. Überall hingen Fahnen, auf denen die Cover von Büchern eingestickt waren. Die Wände bestanden aus Gestein in den unterschiedlichsten Farben.

Rani bekam ganz glänzende Augen. »Eines Tages …« Er seufzte. Vermutlich stellte er sich soeben vor, wie sein Buch dort für alle sichtbar auf einer Fahne wehen würde.

Gespannt trat Lukas mit den anderen durch das zweiflügelige Portal in die Empfangshalle.

Vor ihm lag ein riesiger luftiger Raum. Wasserlichtkugeln ruhten in kleinen Erkern an der Wand und verströmten ein waberndes Leuchten. Hoch über ihnen schwebten golden schimmernde Lichtsphären. Der Boden war mit flauschigem Teppich ausgelegt.

Die Regale waren vollgestopft mit Flüsterwaldbüchern, die aufgeregt raschelten. Frisch von den Gefühlen der Leser gereinigt, warteten sie darauf, wieder ausgeliehen zu werden. Die kunstvoll verzierten Einbände luden auch genau dazu ein. Es juckte Lukas in den Fingern, wenigstens eines davon mitzunehmen und in eine Geschichte aus dem Flüsterwald einzutauchen. Natürlich durfte er das keinesfalls tun.

Nun war er es, der sehnsüchtig zu den Bücherregalen blickte.

Rani sprang auf einen Tisch und von dort auf Lukas' Schulter. »Wenn mein Buch fertig ist, darfst du es im Baumhaus jederzeit lesen.«

»Das ist total nett«, beeilte sich Lukas zu versichern.

»Nicht wahr?« Zufrieden sprang Rani wieder zu Boden.

Janetta und Jorkin wandten sich nach rechts, auf einen offenen Torbogen zu.

»Seltsam«, sagte Felicitas. »Ich kenne dieses Tor. Es führt nur in einen kleinen Raum ohne Fenster.«

Doch sie irrte sich. Auf der anderen Seite des Tors erwartete sie eine Brücke. Diese war so breit, dass Ella und Lukas problemlos nebeneinandergehen konnten. Das hüfthohe Geländer verhinderte, dass man vom Steg fiel, obgleich das nicht schlimm gewesen wäre. Neben der Brücke gab es keinen Abgrund, nur flauschigen Teppich und kleine Tischchen mit Früchten darauf.

Vor ihnen allerdings …

»Was ist das?«, flüsterte Lukas.

Ella presste die Augen zu schmalen Schlitzen zusammen. »Sieht aus wie ein Wasserfall.«

In der Mitte der Brücke waberte es halb durchscheinend wie ein Wasserlicht. Dahinter wuselten Silhouetten hin und her, farbige Tupfer waren zu erkennen.

Janetta und Jorkin flogen unbeirrt weiter.

Felicitas ließ sich allerdings zurückfallen. »Das ist Kurzschritt-Wasser.« Sie wirkte noch aufgeregter als sonst. »Ein Schritt und wir sind an einem weit entfernten Ort.«

»Wie die Portale?«, fragte Lukas.

Felicitas schüttelte den Kopf. »Die Portaluhren wurden erst während der dunklen Jahre erschaffen. Von *ihm*.« Sie sah sich hektisch um, als habe sie Angst, jemand könne lauschen. »Davor wurden nur die Blinzelbahnen genutzt. Kurzschritt-Wasser ist sehr schwer zu bekommen.«

»Warum?«, wollte Ella wissen.

»Man muss natürlich zuerst die Flüsse überzeugen, einen

Teil ihres Wassers abzutreten. Sie sind nicht sehr freigiebig, müsst ihr wissen.«

Lukas erinnerte sich nur ungern an seinen Beinahesturz in einen reißenden Strom bei seinem ersten Abenteuer im Flüsterwald. Schon damals hatte Felicitas angedeutet, dass die Flüsse im Flüsterwald ein Eigenleben hatten.

»Sonst noch etwas, das wir wissen sollten?« Lukas deutete auf das Kurzschritt-Wasser.

»Wir müssen uns danach sofort abtrocknen, damit wir keinen Schnupfen bekommen.« Felicitas flitzte wieder voraus. »Darüber hinaus kann ich nichts sagen. Ich habe noch nie Kurzschritt-Wasser benutzt.« Und mit einem leisen *Platsch* schoss sie durch den magischen Wasservorhang.

»Toll«, kommentierte Rani. »Mein Fell wird also wieder mal nass.« Er überlegte kurz. »Wohin führt das Wasser überhaupt?«

»Das hätten wir wohl eine der Elfen fragen müssen«, sagte Ella. »Aber ich habe da so meine Vermutung. Immerhin wollten sie nach Winterstein, oder nicht?«

Lukas nickte. »Vielleicht führt das Wasser ja zum Brunnen in der Stadt. Dann hätten wir es wenigstens nicht weit.«

Lukas wappnete sich innerlich. Ein letzter Schritt, dann trat er durch die Wasserfläche. Für eine Sekunde hatte er das Gefühl, in einem reißenden Strom zu stehen, der ihn verschlingen wollte.

Doch das Gefühl verschwand wieder.

Er stand in der Bibliothek von Winterstein! Er erinnerte sich noch genau an den Tag, als er sie zum ersten Mal betreten und erkundet hatte. Schon damals war ihm der eingemauerte seltsame Torbogen in der Wand aufgefallen. Jetzt verstand er plötzlich, dass dies das Gegenstück zur Flüsterwald-Bibliotheksbrücke war!

Er blickte sich um. Überall standen Tische mit Snacks, schmale Regale voller Bücher und die verschiedensten Sitzmöglichkeiten. Gespannt trat er durch den offenen Torbogen. In der Luft lag der vertraute Geruch von altem Papier, den er so sehr liebte.

»Unglaublich«, flüsterte Ella neben ihm. »Beide Bibliotheken waren früher miteinander verbunden.«

Irgendwann musste die Brücke abgeschaltet und der Raum zugemauert worden sein. Vermutlich in den dunklen Jahren.

Lukas betrachtete die dichten Reihen aus altmodischen Taschenbüchern und Hardcovern. Auf einem Tisch lagen große viereckige Etuis. Sie waren flach und auf der Vorderseite mit Bildern versehen.

»Schallplatten.« Ella nahm eine davon auf. »Mein Vater

hat einen Plattenspieler. Damals waren die wohl sehr beliebt.«

Lukas nickte. Die schwarzen Scheiben waren ziemlich groß. Auch seine Eltern besaßen noch ein paar davon.

Das Seltsamste aber war, dass es hier in der Bibliothek von Winterstein nur so wimmelte von Kreaturen des Flüsterwalds. Er sah Maulwürfe, die in Büchern zum Gartenbau blätterten. Und in der Ferne etwas, das wie Gemüse auf zwei Beinen wirkte. In einer schwebenden Wasserblase war lediglich die Silhouette einer Kreatur zu erkennen.

Felicitas raste zu Lukas wie ein abgeschossener Pfeil und packte ihn am Kragen. »Meerjaner. Hier sind Meerjaner unterwegs!«

In ihrer eigenen Zeit war der See im Flüsterwald so sehr verschmutzt, dass die Meerjaner nicht mehr an die Oberfläche kamen. Sie hatten sich in tiefste Tiefen zurückgezogen.

»Ob ich mal Hallo sagen soll?«, überlegte Felicitas.

»Besser nicht«, sagte Lukas. »Du weißt doch, wir dürfen nicht auffallen. Jedes Gespräch könnte die Zukunft verändern.«

Damit drehte er sich um.

Direkt vor ihm stand die Bibliothekarin.

»Frau Stein«, hauchte Lukas entsetzt.

Sie mochte jünger sein, doch es war ganz eindeutig jene Bibliothekarin, die er auch aus der Zukunft kannte.

Ihr Blick traf Ella und Lukas. »Und ihr seid …?«, fragte sie.

Bevor er antworten konnte, erklang die Explosion.

Feuer in Winterstein

Lukas blieb keine Zeit, die Begegnung mit Frau Stein zu verdauen. Sie würde sich vierzig Jahre später bestimmt nicht mehr an ihn erinnern. Schließlich war er nur einer unter vielen Besuchern der Bibliothek.

Nun eilten sie alle hinaus vor das Gebäude. In der Ferne loderten Flammen über einem der Häuser. Etwas musste explodiert sein, möglicherweise die Gasleitung.

»Wieso kommt denn keine Feuerwehr?«, fragte Lukas und ergänzte auf Ranis fragenden Blick: »Zum Löschen.«

»Aber es kann doch gar niemand kommen.« Verwirrt betrachtete ihn Frau Stein, die ebenfalls herausgekommen war.

Erst jetzt bemerkte Lukas, dass auf ihrem Gesicht ein dunkler Schimmer lag.

»Warum denn nicht?«, fragte Ella hektisch.

»Was für eine seltsame Frage«, sagte Janetta. »Hatte euer fehlgeschlagener Zauber Auswirkungen auf euren Geist? Heute ist doch das Vereinigungsfest.«

Ella und Lukas wechselten einen ratlosen Blick. Auch Felicitas wusste offensichtlich nicht, was hier vorging.

»Ja, der Zauber.« Lukas nickte eifrig. »Mir ist immer noch ganz schwummerig.«

»Die Menschen schlafen«, sagte Janetta. »Damit wir uns heute alle frei in der Stadt bewegen können.«

Eisige Kälte kroch Lukas in die Eingeweide.

»Ich kann bestätigen, dass der Zauber noch wirkt«, erklärte Frau Stein. »Ich habe vorhin einen Rundgang durch die Stadt gemacht und es magisch überprüft.«

»Feuer«, lenkte Ella das Thema wieder auf das eigentliche Problem. »Wir müssen helfen.«

Damit rannte sie auch schon los. Lukas folgte ihr. Nebeneinander hetzten sie durch die Straßen in Richtung Weststadt. Hinter ihnen erklang das Flattern zahlreicher Elfenflügel. Rani saß auf dem Rücken von Punchy wie auf einem Pony und sauste durch die Nacht. Er klammerte sich mit beiden Pfoten und seinem Greifschwanz an der Katze fest.

Sie erreichten das brennende Haus in wenigen Minuten.

Bereits jetzt fraßen sich die Flammen durch das Holz, Glas zersprang und dichter Rauch umgab alles.

»Das wäre vielleicht der richtige Augenblick für ein wenig Elfenmagie«, schlug Lukas vor.

Felicitas, Janetta und Jorkin warfen gleichzeitig Elfenstaub in die Luft. Es funkelte und flirrte. Doch die Flammen loderten unbeirrt weiter.

»Das verstehe ich nicht«, hauchte Felicitas.

Janetta schien sich mehr über die andere Elfe zu wundern. »Du bist überaus stark. So etwas habe ich noch nie gespürt. Und trotzdem hat es nichts genützt!«

»Was machen wir jetzt?!« Ella blickte hektisch zwischen Lukas und dem Haus hin und her.

Er zog den Rucksack von seinem Rücken und öffnete ihn. »Vielleicht gibt es hier was.«

Die Enkelin des Professors sank auf die Knie und kramte mit ihm darin herum. »Da! Dieser Flakon mit dem rötlichen Sand. Das ist Feuerschutzpulver.«

Lukas zog das Glasfläschchen heraus und entkorkte es. Schnell schüttete er den enthaltenen Sand auf sich herab. Wie schon das Flüsterpulver flirrten auch hier die winzigen Körner, als sich die Magie ausbreitete. »Wie funktioniert es?«

»Du hast fast alles aufgebraucht. Das reicht nicht mehr

für mich.« Grimmig blickte Ella auf den Flakon. »Du bist jetzt gegen Feuer geschützt. Die Flammen werden magisch gekühlt und du hast genug Luft.«

Rani kam herbeigehoppelt. »Ich komme mit.«

Verblüfft starrten sie beide auf den Menok. Normalerweise war dieser nicht der Erste, wenn es darum ging, sich in Gefahr zu begeben.

»Oder braucht ihr keine Hilfe?«, fragte Rani.

Kurzerhand schüttete Ella das restliche Feuerschutzpulver über ihm aus.

»Komm auf meine Schulter«, sagte Lukas.

Der Menok kletterte flink hinauf.

Gemeinsam rannten sie zu dem Haus. Im Erdgeschoss war ein alter Antiquitätenladen untergebracht, darüber lagen Wohnungen.

Flammen tanzten auf den Treppenstufen, leckten über das Holz. Das Geländer war seitlich herabgebrochen und im Treppenhaus nach unten gefallen. Asche rieselte zu Boden, Ruß bedeckte alles. Der Rauch war so dicht, dass Lukas kaum noch etwas sehen konnte. Sein Fuß brach durch eine Stufe und machte ihm deutlich, dass er zwar gegen Feuer geschützt war, aber nicht unverwundbar.

Als er die erste Wohnung erreichte, war sein Gesicht von Schweiß und Asche schon ganz verklebt. Auch Ranis Fell glänzte schwarz. Mit großen Augen blickte der winzige Menok auf das Inferno. Ein Zittern lief durch seinen Körper.

»Wir schaffen das«, sagte Lukas aufmunternd.

Rani nickte nur, die Ohren nach unten geklappt.

Von der Inneneinrichtung war kaum noch etwas übrig. Zerschmolzenes Plastik, verkohlte Teppiche und flammende Gemälde standen in goldgelbem Feuer.

Sie durchsuchten alles, fanden aber niemanden.

Lukas und Rani rasten weiter nach oben, aber auch hier gab es nur eine leere Wohnung.

»Ihr habt also auch Ersatzbauten?«, fragte Rani. »Damit ihr im Notfall dorthin flüchten könnt?«

»Eigentlich nicht.«

»Aber warum sind diese Räume dann leer?«

»Ich weiß es nicht«, sagte Lukas.

Wenn tatsächlich auf ganz Winterstein ein Zauber lag, der Menschen schlafen ließ, wieso befanden die Bewohner sich dann nicht in ihrer Wohnung? Und wie konnte ein solches Feuer überhaupt ausbrechen?

»Lukas!«, erklang eine Stimme.

Verwirrt wandte er sich dem Fenster zu. Er rannte durch dichten Rauch, stolperte über eine herabgefallene Strebe und blickte hinaus. Felicitas schwebte direkt vor ihm.

»Ganz oben«, sie deutete hinauf. »Da liegt jemand. Ein

Mann. Er ist bewusstlos. Ich habe in jedes Fenster geschaut, die anderen Wohnungen sind leer.«

Er hob den Daumen, um zu verdeutlichen, dass er verstanden hatte. Dann rannte er mit Rani auf der Schulter zurück ins Treppenhaus. Zwei Stufen auf einmal nehmend, hetzte er in die Höhe.

Mitten in der Bewegung musste Lukas stoppen. Ihm wurde schwindelig. Gerade noch rechtzeitig konnte er sich an der Wand abstützen, sonst wäre er umgefallen.

»Was ist los mit dir?«, fragte Rani besorgt.

»Ich glaube … das Schutzpulver hört auf zu wirken«, krächzte Lukas.

»Bist du sicher?« Der Menok schnupperte mit seiner Knubbelnase. »Ich merke nichts. Keine Hitze. Und die Luft ist rein.«

»Vielleicht weil dein Fell … das Pulver besser aufgenommen hat?«

Rani strich sich versonnen durch sein Fell. »Da könntest du recht haben.«

Lukas nahm alle Kraft zusammen. Noch ein paar letzte Stufen, dann hatte er die Dachwohnung erreicht. Er stürmte hinein und stieß sofort auf den am Boden liegenden Mann. Er war ziemlich alt, bestimmt schon Anfang dreißig.

»Wir müssen … ihn hier rausbekommen.« Lukas taumelte.

Hinter ihm brach ein Teil der Decke herab, Holz splitterte. Der Boden erzitterte. Flammen schossen durch die Luft, Funken trafen den unbekannten Mann im Gesicht. Eine Deckenstrebe war direkt vor die Tür gefallen und versperrte den Rückweg.

Lukas wollte den Bewusstlosen packen und zum Fenster schleifen, doch sein Atem ging immer schwerer. Schlieren tanzten vor seinen Augen, irgendwie war plötzlich keine Luft mehr vorhanden.

Er brach in die Knie.

»Lukas?«, fragte Rani ängstlich.

Die Welt verging in Asche und Rauch.

Die Falle

Ein Schlag traf Lukas' Wange, der jedoch irgendwie weicher war, als eine Ohrfeige es sein sollte. Flauschig. Vielleicht hatte er sich nur zu wuchtig im Bett gedreht? Er wollte gähnen, doch ein Husten schüttelte seinen Körper.

»Es tut mir leid«, sagte Rani und schlug erneut mit seinem Greifschwanz auf Lukas' Wange.

»W… was?«

»Wir müssen hier raus.«

Ein Knirschen erklang, gefolgt von einem lauten Rumpeln.

Schlagartig war Lukas wieder hellwach. Rauch umhüllte ihn von allen Seiten.

»Dort vorne.« Rani deutete mit seinem Greifschwanz

hinter sich, während er Lukas am Kragen gepackt hielt. »Da ist eine Plattform mit einem Geländer drumherum.«

Im ersten Augenblick konnte er nichts mit den Worten des Menoks anfangen. Dann dämmerte es ihm. »Ein Balkon?«

Lukas rappelte sich auf. Er packte den rechten Arm des Bewusstlosen und schleifte ihn hinter sich her in die angegebene Richtung. Rani hoppelte voraus.

Das Feuer war dabei, den Dachstuhl des Hauses zu verzehren. Von dem Gebäude würde nicht mehr übrig bleiben als eine Ruine. Wenn sie nicht schnell davonkamen, endeten sie unter den Trümmern. Falls sie zuvor kein Opfer der Flammen wurden.

Endlich lichtete sich der Rauch.

Lukas taumelte auf den Balkon hinaus und zog den unbekannten Mann die letzten Zentimeter über die Schwelle. Die kühle Nachtluft traf sein Gesicht, er atmete tief ein.

Rani hatte seinen Kopf zwischen die Gitterstäbe gezwängt und blickte hinunter auf die Straße. »Gibt es hier einen Schalter, der diese Plattform nach unten schweben lässt?«

»Sie ist nur zur Aussicht da.«

»Worauf wollte der arme Mann denn schauen?«, fragte Rani. »Andere Hausdächer?«

Vor ihnen schoss ein unterarmlanger Körper in die Höhe. »Lukas, Rani! Euch geht es gut.«

Sah man davon ab, dass Rani mit dem schwarzen Fell aussah wie ein Kohlebrikett und Lukas seinen Hoodie vermutlich direkt ebenfalls ins Versteck befördern konnte, ging es ihnen tatsächlich gut.

»Kannst du uns nach unten schweben lassen?«, fragte er.

Felicitas schüttelte betrübt den Kopf. »Mit diesem Haus stimmt etwas nicht. Jemand hat einen Zauber darauf gelegt. Deshalb konnten wir auch das Feuer nicht löschen. Wenn ich näher herankomme, wird mein Elfenstaub neutralisiert.«

Lukas wusste, dass dieser auch auf den Flügeln von Felicitas aufgetragen war. Ohne dessen magische Wirkung würde sie in die Tiefe stürzen.

Es war offensichtlich, dass jemand den bewusstlosen Mann absichtlich in dem Haus gelassen hatte, damit er ein Opfer der Flammen wurde. Leider konnte dieser Plan noch immer funktionieren.

»Hey, hier drüben!«

Lukas blickte in die Richtung, aus der die Stimme gekommen war.

Direkt gegenüber erhob sich ein ähnlich gebautes Haus.

Auf einem der Balkone stand Ella und winkte aufgeregt. Sie hatte ein Seil bei sich.

»Wir haben einen Plan«, erklärte Felicitas. »Janetta und Jorkin haben uns das Seil besorgt.«

Elfenstaub flirrte und erschuf eine schwebende Strebe, über die das Seil geworfen werden konnte. Auf der anderen Seite hing es wieder herab.

Lukas streckte sich aus und zog es hinunter. Mit ein paar schnellen Griffen hatte er es unter dem bewusstlosen Mann hindurchgeschoben und verknotet.

Ella begann zu ziehen. Wie bei einem Flaschenzug wurde der Unbekannte angehoben. Sie schoben ihn behutsam über das Geländer. Langsam sank er in die Tiefe. Auf dem anderen Balkon gab Ellas Seil nach, Stück für Stück.

Ein Ruck ging durch die Front des Hauses. Plötzlich hing der Balkon schief.

»Nein!«, rief Felicitas und schlug die Hand vor ihren Mund.

Hektisch blickte Lukas sich um. Sie konnten unmöglich warten, bis das Seil wieder frei war. Der Balkon würde jeden Moment abbrechen, das Haus einstürzen.

Ein Maunzen erklang. Direkt über ihnen.

»Da!« Rani deutete mit seinem Greifschwanz nach oben. »Punchy.«

Felicitas' Aufpasserin stand auf dem Dach und winkte auffordernd mit ihrer Tatze.

»Was will sie nur?«, überlegte Rani.

»Wir sollen nach oben kommen«, sagte Lukas.

»Aber wir wollen doch nach unten.«

»Willst du mit dem Balkon in die Tiefe stürzen?« Lukas tippte auf seine Schulter. »Spring auf.«

Rani zögerte kurz, kletterte dann aber an ihm empor und hielt sich an seinen Haaren fest.

Vorsichtig setzte Lukas seinen Fuß auf das Geländer und stützte sich an der Wand ab. Von hier konnte er die Regenrinne greifen. Mit aller Kraft zog er sich nach oben, stakste über die Ziegel.

»Hallo, Punchy. Schön, dich zu sehen.«

Die Katze miaute freudig. Flink sprang sie die Schindeln entlang.

Lukas erkannte, dass sie einen Weg zwischen den eingebrochenen Stellen gefunden hatte. Längst war das gesamte Dach von Löchern übersät, aus denen gierige Flammen hervorschossen.

Hinter ihm polterte ein Stück in die Tiefe, auf dem er gerade eben noch gestanden hatte. Rani erschrak und zog an Lukas' Haaren.

»Aua, lass das«, verlangte Lukas.

Ein Zittern durchlief Ranis Fell. So aufgeregt hatte er den kleinen Menok noch nie erlebt. »Alles wird gut.«

»Es ist das Feuer«, sagte Rani. »Einmal ist eines in unserem Bau ausgebrochen. Wenn mein Vater nicht zurückgekommen wäre, um mich zu holen … Ich war noch sehr klein.«

»Und trotzdem bist du mit in das Haus gekommen?«

Punchy hatte mittlerweile mit einem Sprung den kleinen Abgrund zum Nachbarhaus hinter sich gebracht und war in Sicherheit. Janetta und Jorkin schwebten in der Luft und ließen Elfenstaub herabregnen, der das Feuer auf dieses Haus begrenzte.

»Mein Vater hat mich damals gerettet«, sagte Rani leise. »Ich dachte, wenn jemand in diesem Haus lebt, der alleine ist, braucht er vielleicht auch Hilfe.«

Lukas war gerührt von der Hilfsbereitschaft des Winzlings. Leise flüsterte er: »Grummelige Schale, weicher Kern.«

»Was hast du gesagt?«

»Dass wir es fast geschafft haben«, erwiderte er schnell.

Als wären seine Worte ein böses Omen, brach direkt vor seinen Füßen ein Teil des Daches weg. Instinktiv stieß er sich ab und sprang. Der Abgrund zwischen den Häusern war schmal, doch er war zu früh abgesprungen. Unter ihnen gähnte die Tiefe, Lukas fiel. Im letzten Augenblick bekam er den Sims des anderen Hausdachs zu fassen und zog sich nach oben. Schwer atmend blieb er liegen.

»Das war großartig.« Felicitas schwebte neben ihnen in der Luft. »Wer auch immer das Feuer gelegt hat, hat eine bösartige Falle geschaffen.«

Sie ließ Elfenstaub flirren, der sie beide umhüllte. Sofort konnte Lukas wieder frei atmen und das Kratzen in seinem Hals verschwand. Der Ruß aus Ranis Fell wurde vom Wind herausgeweht.

»Der fremde Mann ist unten angekommen«, erklärte die Elfe. »Der Schattenzwilling kümmert sich darum.«

»Felicitas, was ist ein Schattenzwilling?«, fragte Lukas.

»Oh, natürlich.« Sie sank neben ihm auf das Dach. »Es sind Halbwäldler. Wesen, die sowohl im Flüsterwald als auch bei den Menschen leben. Tagsüber ist der eine Zwilling in der Menschenwelt aktiv, der andere schläft als sein Schatten. Wenn dann der Mensch schläft, übernimmt der Flüsterwald-Zwilling quasi den Körper. Immer ein Wesen und sein Schatten.«

»Und wissen sie voneinander?«

»Aber ja. Sie teilen alle Erlebnisse.«

Wusste Frau Stein also vom Flüsterwald? Und wichtiger: Würde sie sich an den Brand des Hauses erinnern und an die seltsamen beiden Elfen, die so groß wie Menschen gewesen waren?

»Ich bringe euch jetzt hinunter auf die Straße«, sagte Felicitas.

Punchy maunzte kläglich.

Im nächsten Augenblick flirrte Elfenstaub, oben wurde zu unten. Lukas schrie.

Dann ging es wie von einem Katapult geschossen in die Tiefe.

Der Schattenzwilling

Erst kurz vor den Pflastersteinen wurde ihr Sturz langsamer.

Sanft setzte Lukas auf. Rani krabbelte von seiner Schulter und es schien ihm wahre Freude zu bereiten, dass er wieder festen Boden unter den Pfoten spürte.

Soeben kam auch Ella herbeigeeilt. »Alles in Ordnung?«

Lukas nickte. »Das war perfektes Teamwork.« Dankbar lächelte er ihr, Punchy und Felicitas zu.

»Diesen Mann kenne ich.« Frau Stein sah von dem Bewusstlosen auf. »Das ist Franklin. Der Assistent von Doktor von Thun. Er hat leichte Brandwunden davongetragen, aber da kann ich weiterhelfen.«

»Ich löse den Schlafzauber«, sagte Janetta und ließ ihrer

Ankündigung auch umgehend Taten folgen. Dann machte sie ein verblüfftes Gesicht. »Es funktioniert nicht.«

»Da hat jemand den Zauber verändert«, schaltete sich Jorkin ein. »Wir sollten Franklin zu Doktor von Thun bringen. Er wird wissen, was weiter zu tun ist.«

Der Elf ließ den bewusstlosen Assistenten kurzerhand in die Luft schweben.

»Wir kommen mit«, versicherte Lukas schnell. Doktor von Thun war natürlich Ellas Großvater, den sie suchten. Vor vierzig Jahren war er noch kein Professor gewesen. »Immerhin wollen wir sehen, dass es diesem armen Menschen gut geht.«

»Genau«, warf Ella ein.

Rani war eifrig damit beschäftigt, sein Fell zu putzen und kleine Rußflocken herauszuzupfen, die trotz des Windzaubers hängen geblieben waren. Seine Knubbelnase zuckte. »Ich werde noch wochenlang nach Lagerfeuer riechen.«

»Nun gut, dann überlasse ich dem Doktor die Heilung.« Frau Stein erhob sich. »Aber beeilt euch. Nicht dass die Wunden sich entzünden.« Damit eilte sie wieder zurück in die Bibliothek.

Janetta und Jorkin setzten sich an die Spitze der kleinen Gruppe und flatterten durch die Innenstadt von Winterstein. Während er ihnen folgte, sah sich Lukas neugierig die

Schaufenster an. Es gab ein Geschäft für Herrenmode, dessen Fenster mit Anzügen vollgestopft war. Das Bügeleisen in einem Laden für Haushaltsartikel erinnerte Lukas eher an einen Vorschlaghammer. Und dann die Werbebilder?!

»Das ist alles so schrecklich altmodisch«, kommentierte Ella. »Auf jedem dieser Bilder tragen Frauen Schürzen. Als würden sie den ganzen Tag nur in der Küche verbringen.« Sie schüttelte den Kopf.

Rani saß auf Punchys Rücken, hatte sein Büchlein gezückt und zeichnete in rasender Geschwindigkeit hinein. Vermutlich wollte er seine Eindrücke festhalten.

»Felicitas, wie kann es sein, dass in unserer Zeit Frau Stein noch immer die Bibliothek führt?«, fragte Lukas. »Sollten die Flüsterwäldler nicht alle im Wald sein?«

Die Elfe wirkte ratlos. »Es gab nie viele Schattenzwillinge, müsst ihr wissen. Nur eine Handvoll glaube ich. Da sie sowohl in den Wald als auch in die Stadt gehören, konnten sie es sich vielleicht aussuchen, wo sie bleiben wollten.«

»Aber das muss doch schrecklich sein, eine Heimat aufzugeben«, merkte Ella an. »Die arme Frau Stein.«

»Auf mich hat sie eigentlich immer einen resoluten Eindruck gemacht«, sagte Lukas. »Und gleichzeitig freundlich. Wenn wir zurück sind, werde ich mal bei ihr vorbeischauen.«

»Du denkst, sie weiß, dass wir damals hier waren?«, hakte Ella sofort nach. »Erinnerst du dich noch an das Aussehen von jemandem, den du vor zwei Jahren auf der Straße getroffen und danach vierzig Jahre nicht mehr gesehen hast?«

Was ein guter Punkt war. Vermutlich machte er sich zu viele Gedanken.

Sie ließen die Innenstadt hinter sich und kamen zu der schmalen Gasse, die aus der Stadt in einen Waldweg überging. Irgendwann tauchte vor ihnen die »Villa« auf: das Haus, in dem Lukas vierzig Jahre später mit seiner Familie einziehen würde. Das Tor wurde von zwei Säulen eingerahmt, doch die winzigen Steinfiguren darauf fehlten. Der Garten wirkte genauso überwuchert und chaotisch wie in der Zukunft.

Was alle verblüffte, war das Licht. Die Fenster des Erdgeschosses waren hell erleuchtet. Dahinter war eine einzelne Silhouette erkennbar.

»Doktor von Thun ist wach!«, rief Janetta. »Aber der Zauber hätte auch ihn schlummern lassen sollen.«

Sie schwebte auf direktem Weg zur Tür und betätigte den Klingelknopf. Der bekannte Ton erklang und kurz darauf wurde die Tür geöffnet.

»Ah, Janetta, Jorkin. Schön, euch zu sehen. Kommt doch rein.«

Der Professor wirkte jung und frisch, sein Bauch war noch flach. Die Haare waren nicht grau wie in der Zukunft, sondern tiefschwarz und lockig. Erst jetzt bemerkte er, dass noch weitere Besucher gekommen waren. Sein Blick fiel auf den schlafenden Assistenten. »Franklin?! Was ist passiert?«

»Er benötigt Heilung. Und wir ein paar Antworten.« Jorkin flatterte in das Haus hinein und Archibald von Thun wich bereitwillig zur Seite.

Ella schluckte, gab sich dann aber einen Ruck. »Guten Abend«, grüßte sie. Allerdings ohne sich vorzustellen.

Rani stellte sich direkt vor die Füße Archibald von Thuns, schnupperte und hüpfte schließlich hinein. Punchy hielt sich dicht bei Felicitas. Nach und nach traten sie alle ein.

Der Duft von frischem Tee erfüllte die Räume, vermengt mit etwas, das im Backofen gebacken wurde. Sofort knurrte Lukas' Magen.

Der Professor deutete in Richtung des Wohnzimmers. »Dort hinein. Legt ihn auf der Couch ab.« Er eilte davon, die Treppe nach oben.

»Bestimmt holt er aus dem geheimen Raum Tinkturen für Franklin«, flüsterte Ella.

»Hast du ihn nie kennengelernt?«, fragte Lukas und deutete auf den schlafenden Mann.

»Nein«, erwiderte sie. »Aber seltsam, irgendwie kommt er mir bekannt vor.«

Die polternden Schritte des Professors näherten sich wieder. »Brandwunden und Schlafzauber?«

Janetta nickte. »Das haben Sie sehr gut erkannt, Doktor von Thun. Aber das sollte mich wohl nicht wundern.«

Der Professor neigte leicht das Haupt, ein Lächeln auf den Lippen. »Verletzungen konnte ich bereits vorher deuten. Was die Magie betrifft, hilft mir das hier.« Er hob seinen Arm in die Höhe.

Am linken Handgelenk trug der Professor – Lukas nannte ihn in Gedanken immer noch so, auch wenn er als junger Mann erst *Doktor* von Thun war – ein Armband aus verschiedenfarbigen Steinen. Ein weiß-grauer davon glomm in fahlem Licht.

»Woher haben Sie dieses Band?«, fragte Janetta. »Das ist ein Magiedetektor, oder?«

»Selbst gebastelt.« Er begann damit, Franklins Wunden mit einer klaren Flüssigkeit abzutupfen.

»Sie waren bereits im Wald«, sagte Jorkin. »Ist Ihnen denn nicht klar, dass das gefährlich ist!«

Unbeirrt behandelte von Thun seinen Assistenten weiter. »Der Wald steht allen Lebewesen offen, nicht wahr? Ich habe die alte Rezeptur im Museum entdeckt und konnte die Schrift nach vielen Jahren dechiffrieren. Das Flüsterpulver funktioniert.«

Lukas hatte sich immer gefragt, wie der Professor erstmals auf den Wald und das Pulver aufmerksam geworden war. Zumindest dieses Rätsel war damit gelöst.

»Und deshalb wurden Sie also vom Schlafzauber verschont«, begriff Janetta. »Der Zauber lässt Menschen schlafen, doch Wesen des Waldes bleiben wach. Sie haben sich mit dem Flüsterpulver bestreut.«

Von Thun nickte. »Als mein Magiedetektor anschlug, habe ich es genutzt. Mittlerweile weiß ich, dass damit leichte Zauber, die gegen den Träger gerichtet sind, aufgehoben werden.« Er lächelte. »Der Detektor ist wirklich praktisch. Schon als du und dein Freund mich das erste Mal in Menschengestalt aufgesucht habt, wusste ich, dass ihr ganz besondere Wesen seid.«

Die Tinktur des Professors hatte mittlerweile gewirkt, die Brandwunden verschwanden. Nur der Schlafzauber war noch immer aktiv.

»Hören Sie …«, begann Janetta. Doch die Elfe unterbrach sich und starrte entsetzt auf den Assistenten.

Aus einem seiner Nasenlöcher rann ein Blutfaden.

Das Rettungsmanöver

Der Professor führte den Magiedetektor dicht an Franklins Gesicht hin und her. »Da ist keine Magie.«

Janetta sank auf der Couch nieder und berührte vorsichtig die bleiche Haut des Assistenten. »Aber da ist etwas. Ich spüre es. In seinem Blut.«

»Eine Vergiftung?«, überlegte Ella.

»Wenn ihn jemand vergiftet hat und dann sogar noch Feuer legte, wollte er auf Nummer sicher gehen«, bemerkte Lukas.

Von Thun blickte besorgt auf Franklin herab. »Gift zu neutralisieren ist um ein Vielfaches schwerer.«

Jorkin rang mit sich. »Es gäbe die Möglichkeit, dass wir ein paar Heiler hol–«

»Das wird zu lange dauern«, unterbrach ihn Janetta. »Bis wir im Wald und zurück sind, hat Franklin den Kampf gegen das Gift verloren.«

Von Thun sprang auf und eilte zu einem Sekretär aus hellem Holz, der an der Seite stand. Aus einer der Schubladen zog er ein Etui hervor, öffnete es am Reißverschluss und holte eine leere Phiole heraus.

Zum ersten Mal nahm Lukas das Wohnzimmer wirklich wahr. Neben der Couch standen ein paar kleinere Regale voller Bücher und hüfthohe Schränkchen, auf denen Gegenstände lagen. Da gab es eine brüchige Pfeife, einen Stapel Zeitungen und einen kleinen Bonsai-Baum.

»Uns bleibt nur eine Möglichkeit.« Behutsam fing Ellas Großvater nun ein wenig Blut von Franklin auf. »Ich muss das Blut analysieren. Leider befindet sich das meiste Material in meinem Büro in der Universität. Dort habe ich das Flüsterpulver hergestellt.«

»Es ist trotzdem gefährlich, was Sie tun«, sagte Janetta. »Die Formel für das Flüsterpulver hat nichts in der Welt der Menschen verloren. Zu viele Dinge können dabei schiefgehen.«

»Ich bitte dich, Janetta.« Der Professor schlüpfte bereits in die Jacke. »Ich weiß, was ich tue.« Damit eilte er zur Tür.

Kurzerhand folgten sie ihm.

»Alles klar bei dir?«, fragte Lukas leise Ella.

»Es ist seltsam. Er ist so jung. Am liebsten würde ich ihn trotzdem umarmen.«

Lukas grinste. »Da würde er sich bestimmt wundern, wenn ihn ein wildfremdes Mädchen umarmt!«

Rani hatte sich mittlerweile damit angefreundet, auf Punchy zu reiten, die es tatsächlich auch bereitwillig zuließ. Er saß auf dem Rücken der Katze und schrieb eifrig in sein Büchlein.

Felicitas kam zu Lukas und Ella geflattert.

»Ich glaube, dass Janetta und Jorkin von Anfang an vorhatten, deinen Großvater aufzusuchen«, sagte die Elfe leise. »Sie scheinen sich nicht nur zu kennen, es gab wohl schon früher Diskussionen über das Flüsterpulver.«

Lukas nickte betrübt. »Die beiden haben letztlich recht. Das Pulver wird später vom dunklen Magier benutzt werden. Und wir können nichts dagegen tun.«

Felicitas seufzte. »Denkt dran, dass alles hier vor langer Zeit passiert ist. Wir sind nur Beobachter, Lukas.«

»Leider habe ich keine Ahnung, wie wir unbemerkt an einen Tropfen Blut meines Großvaters gelangen können.« Ella ballte die Fäuste. »Ich kann ihn ja nicht einfach mit einer Nadel stechen.«

Da der Professor seine Schritte beschleunigte, mussten

auch sie ihr Tempo anpassen. Janetta und Jorkin redeten weiter aufgeregt auf ihn ein.

Das Herrenhaus blieb hinter ihnen zurück. Eine steinerne Brücke führte über den plätschernden Fluss in die Stadt. Von hier aus war es nicht weit bis zur Universität.

In der Ferne krächzte ein Waldkauz. Mit einem Mal machte sich Lukas Sorgen. War der schlafende Franklin so ganz alleine in der Villa überhaupt sicher?

»Was, wenn der Unbekannte Franklin in der Villa deines Großvaters heimsucht, während wir weg sind?«, fragte Lukas.

Ella winkte ab. »Keine Sorge. Das Herrenhaus war schon damals geschützt. Das hat mein Großvater mir immer wieder stolz erzählt. Einen der Zauber hat er dann abgewandelt, damit ich es nicht mehr betreten konnte.«

Endlich tauchte im Schein der Straßenlaternen die Universität auf. Es war ein wuchtiger Bau. Das Verwaltungsgebäude war hübsch anzusehen mit all den Bäumen, Büschen und bepflanzten Beeten davor. Dahinter breitete sich wie ein Fächer der Campus aus.

Von Thun schritt zügig auf ein Gebäude zu.

»Was unterrichtet er eigentlich?«, fragte Lukas.

»Archäologie und Chemie«, erklärte Ella. »Das erwies sich auf seinen Reisen als sehr nützlich. Einmal musste er sich mit Säure aus einer Grabkammer in Ägypten befreien.«

Der Professor zog einen Schlüssel hervor und öffnete klimpernd die Eingangstür. Es quietschte, als er sie nach innen aufschob. »Nur herein.«

In der Eingangshalle gab es hohe Glaskästen, in denen Tiegel und Mörser aufbewahrt wurden. Das Bild eines Periodensystems war an der Wand angebracht. Aus irgendeinem Grund hatte man auch einen hüfthohen breiten Spiegel aufgestellt. An der Decke hingen längliche Neonleuchten in Gehäusen, die mit einem Bündel Kabel verankert waren.

Das Büro des Professors lag im ersten Stockwerk. Die Treppe war breit und ließ ihnen genug Platz, nebeneinander nach oben zu steigen. Sie kamen an zahlreichen Räumen vorbei, neben deren Türen auf kleinen Schildchen die Raumnummern standen.

»Dort vorne.« Archibald von Thun deutete auf eine Tür am Ende des Flures.

Dahinter gab es ein Fenster, das vom Boden bis zur Decke reichte. Der Mond schien herein und tauchte den Gang in fahles Licht.

»Ich könnte ihn ›versehentlich‹ mit meinem Stift piksen, um an sein Blut zu kommen«, schlug Rani vor.

»Klar, du hoppelst einfach hin, stichst zu und sagst: Oh, das war ein Versehen.«

»Genau.« Rani nickte eifrig. »Du begreifst meine Pläne mittlerweile viel schneller. Unsere Freundschaft färbt auf dich ab.« Der Menok reckte sich stolz.

»Vielleicht lassen wir uns etwas weniger Offensichtliches einfallen«, sagte Ella.

Bevor sie weiter darüber diskutieren konnten, lenkte der Professor ihre Aufmerksamkeit auf sich. Wie vom Donner gerührt stand er im Eingang seines Büros.

Lukas spähte an ihm vorbei.

Das Innere sah aus, als sei ein Zauber von Felicitas explodiert. Alles war verwüstet, Akten und Seiten mit Notizen lagen überall verstreut.

Jemand war hier gewesen.

Die fehlenden Seiten

»Was …« Die Stimme des Professors versagte.

Wie verletzlich er aussah. Er trug auch noch keinen Bart, sein Gesicht war glatt. In seinem Hemd und den Cordhosen wirkte er eher wie ein Lehrer als wie der Abenteurer, der er werden würde.

»Doktor«, sagte Janetta beunruhigt, »schauen Sie nach, was fehlt.«

Endlich gab sich Archibald von Thun einen Ruck. Hastig verschaffte er sich einen Überblick, hob Papierstapel vom Boden auf und blätterte darin.

»Es ist weg, nicht wahr?«, fragte Ella. »Die Anleitung zur Herstellung des Flüsterpulvers.«

Der Professor nickte.

»Es war hier auf diesem Stapel.« Er hielt ein Bündel in die Höhe. »Aber jetzt ist es fort.«

Janetta und Jorkin warfen sich einen grimmigen Blick zu.

»Jemand hat das Flüsterpulverrezept gestohlen«, sagte der Elf schließlich, »sich damit immunisiert und Ihren Assistenten vergiftet. Ich verstehe allerdings nicht, warum.«

Lukas nickte still. Was brachte es ihrem geheimnisvollen Gegner, wenn er Franklin vergiftete? Oder das Haus anzündete?

»Es ist ein Rätsel.« Ella schürzte die Lippen und ging langsam auf und ab. »Wir wissen zu wenig.« Sie schnippte mit dem Finger. »Was ist mit Franklin? Können wir ihm helfen?«

»Ich brauche …« Der Professor hielt kurz inne, dann klaubte er weitere Papiere vom Boden auf. Einige waren zerrissen, andere wahllos fortgeschleudert worden. Ein Tintenfass auf dem Schreibtisch war umgekippt und der Inhalt hatte sich in einer Lache ausgebreitet. Ein Füllfederhalter lag in zwei Teile zerbrochen auf der Platte.

Während der Professor noch suchte, wurde Punchy mit einem Mal unruhig. Die Ohren gespitzt, schlich sie zurück zur Tür.

Lukas folgte Punchy hinaus in den Gang.

Vom Mondlicht nur schwach erhellt, lauerten in jedem Winkel zwischen den Türen die Schatten.

»Was ist los?«, fragte er die Katze.

Natürlich konnte sie nicht antworten. Punchy schlich mit erhobenem Schwanz und gesträubtem Fell den Gang entlang. Lukas schluckte, blieb aber bei ihr. Diese Sache gefiel ihm immer weniger. Eigentlich hatten sie doch nur einen winzigen Blutstropfen benötigt. Und jetzt standen sie hier in einem dunklen Gang, vierzig Jahre von der Gegenwart getrennt, und kümmerten sich um einen vergifteten Assistenten.

»Irgendwie haben wir kein glückliches Händchen«, krächzte er.

Für eine Sekunde schien es, als habe Punchy ihn verstanden. Und war da nicht die Andeutung eines Grinsens auf ihrem Gesicht? Ein bestätigendes Nicken?

Er musste sich irren.

Wie ein Raubtier schlich sie auf ihren Tatzen weiter, ihr Körper geschmeidig und biegsam. Unter dem Fell bewegten sich die Muskeln, die Pfoten glitten lautlos über den Boden.

Wenn hier etwas war, durfte es sie nicht kommen hören.

Lukas wagte kaum zu atmen.

Aus Punchys Kehle löste sich ein Grollen, das an das

Knurren eines Hundes erinnerte. Doch noch immer war nichts zu sehen. Keine Gefahr, kein Gegner.

»Was ist los?«, flüsterte Lukas.

Seine Stimme glich einem Donnerhall. Unweigerlich blieb er stehen. Lauschte. Da war nichts.

Punchy erreichte die Treppe. Ihre Tatzen berührten das Gestein kaum, so schnell sauste sie nach oben. Lukas' Turnschuhe quietschten, als die Gummisohlen aufsetzten und sich wieder lösten. Er hätte die Schuhe kurzerhand ausziehen sollen. Doch jetzt war es zu spät.

Und schließlich war da auch niemand!

Oder?

Lukas' Nackenhaare stellten sich auf, eine Gänsehaut zog seinen Rücken herab. In der Ferne waren abwechselnd die Stimme des Professors und die von Ella, Rani, Janetta und Jorkin zu hören. Weit weg, im sicheren Büro, im Licht. Unterdessen schlich er hier draußen allein herum, entfernte sich immer mehr.

»Punchy«, krächzte Lukas, »vielleicht gehen wir zurück?«

Er konnte nicht einmal sagen, was die Angst in ihm auslöste. Er fürchtete sich nicht vor Dunkelheit und liebte gruselige Bücher. Wie oft schon hatte er heimlich mit der Taschenlampe unter der Bettdecke weitergelesen. Wieso sollte man ein spannendes Buch auch mittendrin aufhören, nur weil es Schlafenszeit war?

Trotzdem fühlte er eine Bedrohung.

Wie unsichtbare Augen, die aus der Dunkelheit hervorlugten. Heißer Atem, der ihm in den Nacken geblasen wurde. Lukas fuhr herum. Nichts zu sehen.

Punchy maunzte. Es kam von oben. War sie etwa in Gefahr?

Jede Angst oder Vorsicht vergessend, rannte Lukas die Stufen in die Höhe, immer zwei auf einmal. Im dritten Stock angekommen, keuchte er stoßweise.

Sein Blick suchte den Gang ab.

Wieder erklang das Miauen, dieses Mal näher. Er ging vorsichtig weiter. Die Gänge der Universität waren viel länger als an seiner Schule. Sie verzweigten sich und führten über Verbindungsflure zu benachbarten Gebäuden. Doch immer wenn er nicht mehr wusste, wohin, erklang das Miauen erneut.

Er bog um eine weitere Ecke.

Vor ihm am Fenster saß Punchy. Fast hätte er sie dort im Schatten übersehen.

»Was ist denn los?«, fragte Lukas.

Er sah sich vorsichtig um, aber nirgendwo war eine Gefahr auszumachen. Das Fenster lag auf der gleichen Seite wie das Büro des Professors, doch weiter seitlich. Der Mond spendete also weniger Licht, die Schatten waren dichter und zahlreicher.

Lukas tat den letzten Schritt.

Draußen erblickte er die vertrauten Wipfel des Flüsterwaldes, wie immer des Nachts hell erleuchtet. »Hast du Heimweh?«

Lukas sah hinab vor das Gebäude. Dort stand ein Mann. Lukas zuckte zusammen. Er trug eine Lederjacke mit Kapuze, das Gesicht blieb im Schatten verborgen. Doch er sah eindeutig zu ihm nach oben. Lukas konnte den Blick des Unbekannten auf sich ruhen spüren. Da war etwas Vertrautes und gleichzeitig überaus Boshaftes. Eine Aura, die den Fremden umgab.

»Wer ist das?«, hauchte Lukas.

Punchy schwieg natürlich.

Er versuchte, Details auszumachen, doch die waren von hier oben kaum zu erkennen. Lederjacke, Jeans, einfache Schuhe und dazu die Kapuze eines Hoodies.

»Das muss er sein«, flüsterte Lukas. »Der Einbrecher. Wir müssen es den anderen sagen.«

Im gleichen Augenblick erklang das Fauchen. Lukas fuhr herum. Am anderen Ende des Ganges saß Punchy. Sie hatte ihre Krallen ausgefahren, das Fell war gesträubt.

Ruckartig blickte er neben sich.

Dort saß nicht, wie er vermutet hatte, seine Freundin. Es war der düstere, verzerrte Schatten einer Katze. Rot glühende Augen blickten ihn an.

Dann sprang der Schatten auf ihn zu.

Angriff der Schemen

Mitten in der Luft prallte Punchy gegen ihren Schatten.

Ein Fauchen erklang, Krallen blitzten.

Alles ging so schnell, dass Lukas kaum Zeit hatte zu reagieren. Es wäre ihm alleine niemals gelungen, dem Angriff der Schattenkatze auszuweichen. Doch Punchy hatte rechtzeitig eingegriffen und mit scharfen Krallen die Schatten zerteilt.

»D… Danke.« Lukas starrte entsetzt auf die verschwommenen Schattenfetzen, die davontrieben.

Seite an Seite traten sie den Rückweg an. Überall wurden die Schatten lebendig und tasteten mit gierigen Fingern nach ihnen.

Als Lukas die Treppe erreichte, war Punchy schon weit

vor ihm. Sie hatte ihn gerettet, musste nun aber so schnell wie möglich zurück zu ihrem Schützling.

Hier schien zumindest alles ruhig zu sein. Das Mondlicht leuchtete die Wände an und sorgte für Sicherheit. Die einzigen Schatten lagen auf der Treppe.

Der Gedanke war kaum ausgedacht, da schossen Arme aus dem Boden hervor.

»Lukas!«, erklang die Stimme von Felicitas in der Ferne.

Er trat nach den Armen und strampelte sich frei. Risse blieben in seiner Jeans zurück, wo sich die Schattenfinger krallengleich hineingeschlagen hatten.

Vor dem Büro des Professors standen seine Freunde. Der Anblick ließ ihm das Blut in den Adern gefrieren.

Felicitas, Janetta und Jorkin wurden von Schatten angegriffen, die wie Tauben aussahen. Ihre Krallen schlugen nach den Elfen und es glich einem Wunder, dass sie noch nicht verletzt worden waren.

Punchy und Rani sahen sich den Schatten von knurrenden Hunden gegenüber. Geifer tropfte aus ihrem Mund zu Boden – wenn auch nur als Schatten.

Der Professor hing an der Wand. Schattenarme waren daraus hervorgekommen, hielten ihn in einem festen Griff. Ella zerrte an einem der Arme und versuchte, ihren Großvater zu befreien.

»Es sind Flüsterschemen!«, rief Felicitas.

Erst jetzt nahm Lukas das Flüstern wahr, ganz leise, fast unhörbar. War es schon die gesamte Zeit über da gewesen?

Mit einem letzten Tritt befreite er sich von der Treppe und rannte zu seinen Freunden.

»Licht«, krächzte der Professor. »Wir brauchen Licht. Aber sie haben den Strom abgeschaltet.«

Innerlich atmete Lukas auf. Natürlich hatte er wie stets seine Taschenlampe dabei. Er warf den Rucksack förmlich ab, griff hinein und bekam sie sofort zu fassen. Ein Klicken, und der Lichtkegel durchschnitt die Dunkelheit.

»Ja!«, rief Ella.

»Nein«, fiel Felicitas ein. »Das ist zu schwach. Wir brauchen mehr und am besten magisch, das wirkt besser.« Sie wich einer Schattentaube aus.

»Wieso nutzt ihr keinen Elfenstaub?«, fragte er.

»Sie lassen ihn sofort erlöschen, bevor der Zauber wirkt.« Aufschreiend tauchte sie unter einem hackenden Schnabel weg. »Das war knapp.«

Punchy fauchte wild. Sie machte einen Satz, sprang auf den Rücken des Schattenhundes und von dort in die Luft. Mit den Tatzen packte sie die Taube und riss sie mit sich zu Boden.

Felicitas verlor keine Zeit und kam Jorkin zu Hilfe, der von zwei flatternden Angreifern bedrängt wurde.

»Schreibtischschublade«, krächzte der Professor. »Schnell.«

Lukas sprang auf den Schreibtisch, rollte sich ab und kam auf der Seite mit den Schubladen wieder auf. Er riss sie auf. Sein Blick fiel auf allen möglichen Krimskrams, darunter Füller, ein länglicher Holzstab, ein Bergkristall und ein Fläschchen mit rötlicher Flüssigkeit.

»Der Stein.« Der Professor wollte weitersprechen, doch eine weitere Hand drückte sich an seine Kehle. Er bekam keine Luft mehr.

»Das ist der Lichtstein«, flüsterte Ella. »Rufe: Fiat Lux.«

Lukas betrachtete den Bergkristall verdutzt. »Fiat Lux?«

Sofort leuchtete der Stein magisch auf. Die Schatten im Raum wichen zurück. Keuchend rutschte der Professor von der Wand.

»Geht es Ihnen gut?«, fragte Lukas.

»Danke.« Er nickte. »Woher wusstest du, wie man den Lichtstein aktiviert?«

»Oh, wir Elfen arbeiten öfter damit«, sagte Ella schnell.

Lukas schielte zu Janetta und Jorkin, die sich noch immer gegen die Tauben auf dem Gang wehrten. Gerade als sie ihnen mit dem Lichtstein zu Hilfe kommen wollten, schossen zwei der Schattentiere herab, schnappten sich die Elfe und schleppten sie fort.

»Nein!«, brüllte Jorkin.

Er wollte ihr folgen, doch die Wand aus Schemen wurde immer dichter. Mehr und mehr kamen aus Wänden und Boden.

Rani ballte seinen Greifschwanz zur Faust und schlug einem Angreifer damit auf die Nase. »Ha! Das werde ich Pani erzählen. Von wegen ich als Mitte-Jüngster kann nicht auf mich aufpassen.«

»Es sind Flüsterschemen«, wiederholte Felicitas keuchend. »Sie können nur entstehen, wenn Menschen und Tiere schlafen. Jemand erweckt ihre Schlafschatten und steuert sie.«

Der Professor nickte. »Aber dann muss derjenige in der Nähe sein, richtig?«

»Das stimmt«, sagte Jorkin.

»Er steht unten vorm Gebäude. Ich habe ihn vom Fenster aus gesehen«, mischte sich Lukas ein.

»Ich werde diesem Spuk ein Ende bereiten.« Archibald von Thun stapfte in Richtung Tür.

»Ich suche Janetta«, beharrte Jorkin. »Ihr darf nichts passieren!«

»Das ist doch einfach, wir teilen uns auf«, sagte Rani.

Lukas wollte bereits widersprechen, doch der Professor stimmte sofort zu.

»Wir haben keine Zeit für einen ausgefeilten Plan, es werden immer mehr.«

»Ich bleibe bei di… Ihnen«, stellte Ella klar.

Lukas, Felicitas und Punchy würden mit Jorkin nach Janetta suchen, das war innerhalb von Sekunden beschlossen. Hierfür würden sie den Lichtstein behalten.

Rani wollte sich dem Professor und Ella auf der Suche nach ihrem Widersacher anschließen.

»Bis zur Treppe gehen wir gemeinsam«, schlug Archibald von Thun vor.

»Janetta wurde nach oben gebracht«, rief Jorkin.

Der krächzende Schrei einer Schementaube unterbrach ihn.

Der Professor nickte jedem kurz zu. »Seid ihr bereit?«

»Nein«, sagte Ella.

»Gute Antwort. Los geht's.«

Lukas griff in seinen Rucksack und zog eines der Walkie-Talkies hervor. Er reichte es Ella. »Nimm das mit. Damit wir Kontakt halten können.«

»Gute Idee.«

Sie rannten auf die brodelnde Schwärze zu. Lukas streckte die Hand mit dem Lichtstein aus, hielt ihn der Dunkelheit entgegen. Risse in der Barriere entstanden, Menschenschemen wichen zurück. Doch ständig versuchte eine Taube, wieder herabzustoßen, ein Hund setzte zum Sprung an.

Bei der Treppe sprangen Rani, der Professor und Ella nach unten. Wie sich herausstellte, folgten die Schatten hauptsächlich Lukas, Jorkin, Punchy und Felicitas.

Lukas verlor das andere Team aus den Augen.

Seine Aufmerksamkeit wurde abrupt auf die Geschehnisse vor ihm gerichtet. Rani schrie auf. Ein fauchendes Geräusch erklang und etwas riss.

Hilfe für Janetta

Im Schutz des Lichtsteins rannte Lukas nach oben. Das Walkie-Talkie hing an seinem Gürtel.

Einer der Schatten hatte Punchy verletzt. Blut tropfte aus einer Wunde. Jetzt, wo das magische Licht näher kam, wichen die Angreifer jedoch erneut zurück.

»Ich helfe dir«, sagte Jorkin.

Schon rieselte Elfenstaub herab und die Wunde schloss sich.

Felicitas sauste einmal um Punchy herum. »Es sieht gar nicht so schlimm aus.«

»Du entstammst dem Klan des Sonnenrotberges«, sagte Jorkin. »Ihr seid die Tapfersten. Fühlst du dich wieder gut?«

Fast schien es, als erwarte der Elf eine Antwort, doch Punchy nickte natürlich nur.

»Gut. Wir sollten dicht beieinanderbleiben.« Jorkin deutete nach oben. »Wir müssen weiter hinauf.«

Vorsichtig ließ Lukas das magische Licht kreisen, damit die Schatten auch stets zurückgedrängt wurden. Immer wieder unternahm eine Taube einen Vorstoß von oben oder ein Menschenschemen von der Seite. Doch die Freunde blieben dicht beieinander.

»Menschliche Behausungen sind so bedrückend«, flüsterte Jorkin. »Alles ist aus Stein und Glas, nichts Lebendiges.«

»Aber hier gibt es doch Pflanzen«, wandte Lukas ein.

Jorkin deutete auf einen Kübel, in dem eine Pflanze die Blätter hängen ließ. »Das ist tragisch anzusehen.«

Mittlerweile bewegten sie sich Rücken an Rücken weiter, wodurch es natürlich langsamer voranging. Felicitas behielt die Decke im Auge, Punchy den Boden. Jorkin und Lukas den Rest.

Stufe um Stufe legten sie die letzten Meter zurück.

Plötzlich gab die Treppe unter Lukas nach. Ein Loch klaffte auf. Er sackte durch den Boden.

»Lukas!«, rief Felicitas.

Punchy maunzte und war mit einem Satz neben ihm.

Seine Füße hingen unten aus der Treppe heraus, während er sich mit den Händen gerade noch an den Seiten abstützte. Der Stein war ein Stück weit fortgeschlittert und lag in der Ecke. Ihnen blieben nur Sekunden.

Jorkin flitzte zum Lichtstein.

Keuchend versuchte Lukas, sich wieder in die Höhe zu ziehen. Die Schwärze klebte an ihm wie Gummi, wollte ihn nicht hergeben. Punchy schlich geduckt näher, wie um ihn anzugreifen. Stattdessen fuhr sie ihre Krallen aus und versenkte diese in dem Schatten, der Lukas gefährlich nahe gekommen war. Um Lukas herum brodelte es, die Dunkelheit zuckte und …

… warf ihn aus.

Wie ein Tennisball, der von einem Schläger durch die Luft katapultiert worden war, flog er hervor und rollte über den Boden.

Für eine Sekunde starrten alle auf Punchy, die flink zu ihm sprang. Felicitas wirkte völlig verblüfft.

»Wie hast du das gemacht?«, fragte Lukas. »Schade, dass du nicht reden kannst.«

Jorkin reichte Lukas den Lichtstein. Der Elf setzte dazu an, etwas zu sagen, doch erneut war das Fauchen der Schemen zu hören. »Wir müssen aufs Dach!«

Sie standen direkt vor der Tür, die zu den Treppen nach

oben führte. Dieses Mal konnte Felicitas Elfenstaub einsetzen und ihre Magie entriegelte das Schloss. Gemeinsam hetzten sie über staubige Holzstufen hinauf.

Der Wind traf Lukas frontal und ließ ihn taumeln.

Das Dach wirkte gespenstisch. Im Silberlicht des Mondes hatte es sich vollständig verändert. Eine halb durchsichtige Kuppel wölbte sich darüber. Darunter tummelten sich die exotischsten Schemen, Menschen und alle Arten von Tieren. Es gab sogar Pflanzenschatten, die sich ausgebreitet hatten. Als wäre ein dunkler, beängstigender Teil des Flüsterwalds – ein Schattenwald – hier auf dem Dach zum Leben erwacht.

Auf der gegenüberliegenden Seite befand sich eine schimmernde Pfütze, die an einen See erinnerte. Baden wollte Lukas darin aber lieber nicht.

Janetta hing exakt in der Mitte des Daches in der Luft, umgeben von halb durchsichtigen Rauchwölkchen. Sie schlug mit den Flügeln, konnte jedoch nicht fliehen.

»Schemenmagie«, hauchte Felicitas. »Sie müssen unglaublich stark sein. Schon dass sie uns überhaupt verletzen können, ist schlimm.«

»Ja, ihre Kraft ist beachtlich«, bestätigte Jorkin. »Wenn ich nur zu Janetta gelangen könnte. Gemeinsam könnten wir die Dunkelheit zumindest in Schach halten.«

»Wie das?«, fragte Lukas.

Verwirrt blickte Jorkin ihn an. »Durch das Band natürlich. Du stellst seltsame Fragen.«

Felicitas lachte laut und künstlich. »Das ist nur der Schreck über den Sturz. Jeder Elf weiß, dass verbundene Seelen mehr Magie freisetzen können.«

»Äh, genau«, versicherte Lukas. »Ich bin noch ganz verwirrt.«

Punchy maunzte und machte sich zum Sprung bereit.

»Es ehrt dich, dass du Janetta helfen willst«, sagte Jorkin. »Aber das ist meine Aufgabe.« Sein Blick wechselte zwischen Felicitas und der Katze hin und her. »Wie mir scheint, hast du bereits einen Schützling. Ich freue mich darauf, mehr zu erfahren.«

Lukas hatte das Gefühl, dass er irgendetwas nicht mitbekam. Der Blick von Jorkin ruhte einige Sekunden auf Punchy, dann wob er mit den Händen feine Linien aus Elfenstaub und stieg in die Luft. Einen leisen Singsang ausstoßend, bewegte er sich durch die Schatten.

»Wir helfen ihm!« Lukas sprang voran und schwenkte seinen Arm.

Das Licht des Steins fuhr durch die Dunkelheit und zerteilte diese, wo es auftraf. Sofort kamen neue Schemen hinzu. Ob es jemals endete?

»Wir müssen nur bis zum Morgengrauen durchhalten«, sagte Felicitas prompt. »Im Tageslicht verschwinden alle Schemen, ob Mensch oder Tier.«

»Bis zum Morgengrauen?«, krächzte Lukas. »Wir haben noch nicht mal Mitternacht. Das schaffen wir nie.«

Wie um seine Worte zu bestätigen, stürzte sich ein ganzer Pulk Schementauben auf Felicitas und Punchy. Hoch über ihnen kreiste etwas, das an einen Adler erinnerte. Allerdings von der überaus dunklen Sorte. Es setzte zum Sturzflug an.

Gleichzeitig peitschte der Schattententakel einer Schlingpflanze hervor und wickelte sich um Lukas' Bein. Bevor er reagieren konnte, verlor er den Halt. Er schlitterte über das Dach. Die Wucht schleuderte den Lichtstein aus seinen Fingern.

Immer schneller wurde Lukas der Dunkelheit entgegengezogen. Das rettende Licht blieb hinter ihm zurück.

Ranis heldenhafte Abenteuer

Aus Ranis Aufzeichnungen

Der alte Mann und Ella atmeten erleichtert auf. Das lag natürlich daran, dass ich mich ihrer Gruppe angeschlossen hatte. Ich konnte nur hoffen, dass die anderen ohne mich wenigstens eine klitzekleine Überlebenschance hatten.

Zwar brachte der ~~alte Mann~~ … (Ella hat mich angeschrien, ich solle gefälligst seinen Titel benutzen, also tue ich das. Notiz an mich: besser darauf achten, dass niemand mitlesen kann, während ich schreibe.)

Der Großvater stapfte die Treppe hinab wie ein verärgerter Wark. Ella und ich jagten ihm hinterher.

Ich in eleganten Sprüngen, Ella mit ganz schön viel Wut im Bauch.

Dabei mussten wir ständig den Schemen ausweichen. Lukas hätte uns ja wenigstens einen Krümel des Lichtsteins dalassen können, aber nein, wir hatten nur das Mondlicht. Überall im Gang erschuf es sichere Bereiche aus Licht. Wir sprangen von einem in den nächsten Fleck, dazwischen wimmelte es von Schatten. Glücklicherweise waren es im Vergleich zu vorher aber weniger Angreifer.

»Gut, dass wir dich hier haben, Rani«, sagte Ella. »Der arme Lukas wird bestimmt bald nach dir rufen, damit du ihm hilfst. Aber bleib besser bei uns.«

Ich versicherte Ella und dem Großvater, dass sie sich nicht fürchten mussten. Um das zu verdeutlichen, sprang ich auf ihre Schulter, als ein besonders hartnäckiger Schemen nach mir greifen wollte.

Ella missverstand meine freundliche Zusicherung. Sie behauptete, ich hätte ihr erschrocken ins Ohr gebrüllt, weil ich Angst vor dem Schemenangriff gehabt hätte. Menschen haben kein so gutes Beobachtungstalent wie wir Menoks.

Ich saß also auf ihrer Schulter, hielt mich lässig an ihrem Haar fest und warnte sie vor weiteren Angriffen durch sanft ins Ohr gehauchte Warnungen.

Wie sich herausstellte, besaß der Großvater einen ordentlichen rechten Haken, mit dem er oftmals auf die Angreifer einschlug oder sie einmal sogar zu sich zog. Zuerst dachte ich, das wäre einer gewissen Verwirrung geschuldet. Doch auf diese Art landeten unsere Angreifer im Licht und lösten sich auf.

Mit dem Ende der Treppe standen wir vor einem Problem. Die Eingangshalle war in tiefe, gefährliche Dunkelheit getaucht. Erst am verglasten Ausgang gab es wieder Licht.

Ich bot – völlig ohne Protest – an, dass Ella mich doch werfen könne. Sie hat ja Erfahrung damit (ich verweise auf mein heldenhaftes Abenteuer, bei dem ich unter Einsatz meines Lebens bei den Stollenzwergen eine Karte erbeutet habe). Auf diese Art flog ich elegant wie ein junger Adler über die Schatten hinweg. Bedauerlicherweise ragten die Schattenarme aus dem dunklen Boden weit in die Höhe. Ebenso von der Decke. Das führte kurz vor dem Ende des Flugs zu einem Problem. Ein Schatten schnellte in die Höhe, packte mich an meinen Beinen. Gleichzeitig kamen Schemen von oben, die meine Pfoten ergriffen.

Damit hing ich zwischen oben und unten wie eine überreife Flüsterbeere. Nun habe ich natürlich Nerven aus Stahl, was übrigens nicht für alle Menoks zutrifft. Bani zum Beispiel ist eher schreckhaft und von Cani will ich gar nicht anfangen. Meine Brüder ... aber lassen wir das.

Da ich also Nerven aus Stahl besitze, wies ich Ella wie nebenbei darauf hin, dass ich doch Hilfe benötigte, sie sich aber Zeit lassen konnte.

Ich gebe jedoch zu, dass ich überaus gerne ein wenig Flugpulver über mein Fell gekippt hätte. Bedauerlicherweise hatte Lukas alle Vorräte bei sich.

Der Großvater redete eifrig auf Ella ein. Schließlich rannte sie zu einer Stehlampe in der Ecke und betätigte den Schalter. Natürlich geschah nichts. Das lag an einem Problem, das sie »Stromausfall« nannte. Wie es scheint, ist Strom eine Art von Magie, die in diese Lampen geleitet werden muss. Man kann sie auch in so etwas wie eine Taschenlampe stecken, aber natürlich ist sie dann eben deutlich schwächer, wie ich vorhin bei Lukas beobachten konnte, und obendrein ist der Strom dann irgendwann aufgebraucht. Um die Taschenlampe wieder zu nutzen, benötigt man einen Magiespeicher, der »Batterie« genannt wird. Und diese Batterie schien für die Schule wohl leer zu sein.

An dieser Stelle kam der Großvater ins Spiel. Er schwang seinen Körper von Lichtkegel zu Lichtkegel und rannte auf diese Art davon. Irgendwann kam er zurück und überreichte Ella eine Taschenlampe. Ich bezweifelte, dass diese bei der Menge an Schemen ausreichend half. In keiner Weise hätte ich damit gerechnet, was dann folgte.

Ella sagte: »Wir machen das mit deinem Spieltrieb.«

Zuerst fragte ich mich, wie der Spieltrieb des Großvaters mir helfen sollte. Dann tauchte das Licht der Taschenlampe vor mir auf. Ich kann es mir nur mit der Magie des Stroms erklären, dass mein ganzer Körper kribbelte.

Kurzerhand begann ich damit, das Licht zu jagen. Der Strahl löste die Arme unter mir auf, im nächsten Augenblick wurde ich nach oben gezogen. Kurz bevor ich in der Decke verschwand, nutzte Ella das Licht, um auch diese Arme verschwinden zu lassen.

Jetzt war da das Lichtkabel. ~~Ich kicherte.~~ Ich folgte ihm gelassen und freudig, hangelte mich am Kabel entlang und stand plötzlich an der Tür. Mitten im Licht.

Meine Intelligenz hatte mich erneut gerettet. Doch was jetzt?

Ella deutete auf einen Spiegel an der Wand. »Damit kannst du das Licht lenken.«

Was ich natürlich wusste.

Nun sind mir in meinen vielen bisherigen Lebensjahren beachtliche Muskeln unter dem Fell gewachsen, aber ich entschied mich einfach, den Spiegel fallen zu lassen. Das war natürlich Teil eines ausgefeilten Plans und keinesfalls ein Versehen.

Er fiel zu Boden, schlug auf und zerbarst. Das Mondlicht wurde wie durch Hunderte Lupen in den Raum geworfen. Die Reaktion der Schemen war beeindruckend. Sie zogen sich zurück. Es war zu viel Licht für sie.

»Das war eine großartige Idee«, gratulierte der Großvater. »Du bist ein pfiffiges Kerlchen.«

»Er ist ein Held«, ergänzte Ella.

Nun ja, ich mache mir nichts aus Schmeicheleien. Und letztlich hätte ich den Spiegel auch halten können. Aber so wurde die Eingangshalle von allen Schemen befreit, der Großvater und Ella konnten einfach zum Ausgang marschieren.

Wir stürzten uns in die Nacht.

Es blieb die Frage, wo sich der Verantwortliche für diese Misere befand. Und wie der Großvater unseren Gegner überhaupt aufhalten wollte.

Wir rannten um das Gebäude herum.

Über uns veränderte sich der Himmel, Blitze zuckten auf dem Dach. Vor uns stand der Gegner.

Leider muss ich dieses Kapitel nun abbrechen. Ella linst viel zu oft herüber. Ich glaube, sie möchte unbedingt lesen, was ich schreibe.

Von Angesicht zu Angesicht

Lukas konnte sich nicht mehr halten.

Die Schlingpflanze zerrte ihn mit sich über das Dach und auf ein gewaltiges offenes Maul aus Dunkelheit zu, das plötzlich vor ihm klaffte.

Im nächsten Augenblick schoss ein Schwarm winziger Irrlichter durch den Tentakel. Augenblicklich löste er sich in dunkle Fetzen auf. Lukas war wieder frei.

»Was …?« Verwirrt blickte er den Lichtern hinterher.

»Geht es dir gut?« Felicitas schwebte neben ihm in der Luft. »Ich dachte mir, ich sollte Verstärkung rufen. Es hat leider ein wenig gedauert.«

»Die Lichter?«

Sie nickte eifrig. »Daheim in unserem Palast leben viele

Leuchtflöhe. Sie bilden kleine Schwärme und flitzen ständig herum. Ein bisschen sehr lebhaft, wenn du mich fragst.« Felicitas drehte einen Looping.

»Natürlich, sie sind magisch.«

»Genau. Und deshalb können sie die Schemen auflösen.« Sie deutete zu Janetta und Jorkin, die aufeinander zuschwebten. »Gleich hat er es geschafft. Dann können wir mit vereinten Kräften alle Schemen zurückschlagen.«

Punchy hielt sich unauffällig in Felicitas' Nähe, wie ein pelziger Bodyguard.

»Was ist mit den anderen?« Lukas rappelte sich auf und rannte zum Dachrand.

Als er über die Kante spähte, bestätigte sich seine Vermutung. Tatsächlich, ihr Gegner stand direkt unter ihnen. Soeben kamen der Professor, Rani und Ella um die Ecke und blieben stehen.

Verwirrt registrierte er, dass das Walkie-Talkie knackte. Ein Rauschen erklang. Ella hielt den Schalter gedrückt, sie wollte, dass Lukas mithören konnte. Die Stimmen der anderen drangen blechern aus dem Gerät.

»Wer bist du?«, rief der Professor.

»Du!« Die Stimme des Fremden war tief und rau, wie von Schmirgelpapier kratzig gerieben. »Auch wenn du hilfreich gewesen bist, stehst du mir jetzt im Weg.«

»Hilfreich?«, echote der Professor. »Niemals würde ich dir helfen.«

»Als wäre es nötig gewesen«, wisperte der andere. »Wie einfach war dein Assistent zu beeinflussen. Er gab mir alle Informationen, die ich benötigte.«

»Das Flüsterpulver«, hauchte der Professor.

»Es liegt viel im Dunkeln, was du nicht weißt«, kam die Antwort. »Ja, ich benötigte das von *Menschenhand* hergestellte Pulver. Damit der Flüsterwald mir offen steht. Meine Pläne nähern sich der Vollendung.«

Er war es! Der dunkle Magier, da war Lukas sich sicher. Und leider wusste er, dass ihr Gegner die Wahrheit sprach. Er würde den Wald betreten, die Macht an sich reißen, eine unterirdische Burg erbauen und die Portale erschaffen. Ohne das Herz des Waldes hätte er wohl niemals aufgehalten werden können.

Ein kurzer Blick zurück, und Lukas atmete auf. Im Schutz der Glühflöhe näherte sich Jorkin Janetta.

Punchy spähte gemeinsam mit Felicitas und Lukas in die Tiefe. Jedes Wort des dunklen Magiers war für die Flüsterwäldler noch bedeutsamer als für ihn, schließlich handelte es sich um ihre Heimat.

»Du wirst niemals den Flüsterwald betreten!«, rief der Professor. »Ich halte dich auf!«

Der dunkle Magier lachte. Rau und kalt und böse. »Ein einziger Schemenangriff hätte dich beinahe alles gekostet. Dein Assistent liegt obendrein im Sterben. Niemals wirst du mich aufhalten können, auch wenn ich dort oben«, er blickte hinauf, »gewaltige Macht spüre.«

Leider hatte Jorkin Janetta noch nicht erreicht.

»Ich weiß vielleicht noch nicht viel über den Flüsterwald«, sagte der Professor, »aber dort gibt es Wesen mit weitaus mehr Macht, als du sie besitzt. Sie werden sich dir entgegenstellen. Der Rat …«

»Der Rat! Er wird mich nicht aufhalten. Du weißt gar nichts über den Wald.« Der dunkle Magier hob die Arme und Blitze zuckten aus dem Firmament zu Boden, schlugen in den fernen Wald ein. »Ich habe mich lange auf diesen Augenblick vorbereitet. Alte Pergamente studiert, Informationen zusammengetragen. Du warst mein Werkzeug. Jetzt finde *ich* den Weg.«

Der Professor keuchte auf. »Das Rezept für das Pulver. Es war kein Zufall, dass ich es gefunden habe.«

»Du hast es gefunden, weil *ich* das so wollte. Damit du es für mich herstellen kannst. Dafür waren nämlich ein paar Dinge notwendig, die ich nicht zur Verfügung hatte. Doch jetzt liegt der Weg endlich frei vor mir. Während ihr hierhergeeilt seid, um nach einem Heilmittel für

Franklin zu suchen, habe ich mir in aller Ruhe dein Pulver beschafft.«

»Aber das kann nicht sein.« Der Professor klang ungläubig und schockiert gleichermaßen. »Es ist in meinem Haus. Dort kommst du niemals hinein.«

»Das musste ich auch nicht.« Der dunkle Magier triumphierte und die böse Freude darüber war ihm anzuhören. »Durch das Gift konnte ich Franklin steuern. Er hat sich erhoben, das Pulver geholt und mir gebracht. Der Rest war für mich nicht von Belang.«

Lukas' Innerstes gefror. Der Magier hatte alles bis ins kleinste Detail geplant.

Doch wer war er?

Ein Mensch offensichtlich, aber wer? Die Dunkelheit unter der Kapuze war nicht natürlich, sie musste magisch erzeugt sein. Nicht einmal die Nasenspitze war zu erkennen. Stattdessen waberte es.

In der Ferne zuckte ein weiterer Blitz vom Firmament und fuhr zwischen die Baumwipfel.

»Was ist mit Franklin?«, fragte der Professor.

»Ich habe ihn wieder auf die Couch geschickt«, erklärte der dunkle Magier bereitwillig. »Immerhin hat er mir gute Dienste erwiesen, da darf er die letzten Stunden seines Lebens auch zwischen weichen Kissen liegen.« Er lachte tief.

»Was für ein Gift hast du ihm verabreicht?!« Anklagend deutete der Professor auf den Gegner.

»Unser Plausch neigt sich dem Ende zu.« Der dunkle Magier blickte wieder in die Höhe.

Zuerst glaubte Lukas, dass er gemeint war. Doch ein Blick von Felicitas ließ ihn in Richtung von Janetta und Jorkin schauen. Die letzten Schemen wichen zurück.

Und endlich hatten beide sich wieder erreicht.

Liebevoll umarmten sie sich. Ein weißes Leuchten breitete sich aus, schwappte über das Dach und vertrieb die Schatten. Doch damit war es noch nicht vorbei. Die Elfen stiegen in die Höhe, drehten sich dabei und sangen. Ihre Stimmen schienen das Licht weiter anzufachen. Es floss am Haus entlang in die Tiefe wie klares Wasser aus einer Gebirgsquelle.

»Dieses Mal bist du mir entkommen«, flüsterte der dunkle Magier. »Aber beim nächsten Mal gelingt dir das nicht.«

Eine schwarze Rauchwolke nahm ihn auf. Als sie sich verzog, war er verschwunden.

Es knackte und das Walkie-Talkie übertrug nicht länger. Ella hatte den Finger vom Knopf genommen.

Das weiße Licht schwappte über die Stelle, an der ihr Gegner gestanden hatte, und verlor sich in der Ferne.

Felicitas aber betrachtete nur Janetta und Jorkin, die langsam herabsanken. Das Licht erlosch. Beide sahen wieder aus wie gewöhnliche Elfen. Ein paar Flügelschläge, dann waren sie bei Lukas, Felicitas und Punchy.

»Ich danke euch«, sagte Janetta mir klarer Stimme. »Ihr habt Jorkin geholfen, bis hierher vorzudringen. Alleine hätte ich die Schemen nicht besiegen können.«

»Das haben wir doch gerne gemacht.« Lukas winkte ab.

Seltsamerweise senkte Punchy ihr Haupt. Felicitas war kreidebleich. So hatte Lukas sie noch nie erlebt.

Mit zittriger Stimme fragte sie Janetta: »Wer bist du?«

Janettas Geheimnis

Bevor Janetta die Frage beantworten konnte, erklang ein lauter Schrei.

»Ella!«

Lukas spähte in die Tiefe. Dort war der Professor zu Boden gesunken, seine Enkelin kniete neben ihm.

»Schnell, ihr fliegt nach unten«, bat Lukas die Elfen. »Punchy und ich …«

Doch die Katze war bereits über den Sims gesprungen und turnte elegant an Regenrinne und Fenstervorsprüngen entlang in die Tiefe.

»Okay, ich nehme die Treppe alleine.«

Lukas war nicht erpicht darauf, ohne seine Freunde durch das düstere Universitätsgebäude zu schleichen. Andererseits war die Gefahr durch die Schemen gebannt, seitdem der dunkle Magier verschwunden war. Er hetzte also die Treppenstufen hinab, vorbei an ungefährlichen Schatten und erreichte schließlich die Eingangshalle. Zerbrochene Spiegelscherben knirschten unter den Sohlen seiner Turnschuhe. Er öffnete die Tür und trat in die Nacht hinaus.

Rani hatte das Walkie-Talkie mit beiden Ärmchen gepackt, sein Greifschwanz drückte die Knöpfe und zog an der Antenne.

Endlich war Lukas bei Ella, die ihrem Großvater soeben aufhalf. »Was ist passiert?«

»Ihr übertreibt«, sagte der Professor. »Mir war lediglich ein wenig schwindelig.«

»Du … Sie haben geblutet«, sagte Ella vorwurfsvoll und deutete auf das Tuch, das sich Archibald von Thun auf die Wunde presste. »Wieso haben Sie nicht gesagt, dass die Schemen Sie verletzt haben?«

»Es ist nur eine leichte Wunde.«

Janetta betrachtete das Blut. »Keine Sorge, es ist nicht magifiziert.«

»Sonst hätte mein Magiedetektor mich auch längst gewarnt.« Damit hob Archibald von Thun seinen linken Arm in die Höhe, wo er das Band mit den magischen Steinen trug.

Die ganze Zeit über schwieg Felicitas und starrte immer nur abwechselnd zwischen Janetta und Jorkin hin und her.

»Was ist denn das?« Neugierig sprang Rani zu jener Stelle, an der der dunkle Magier bis eben gestanden hatte. »Da liegt etwas.«

»Vorsicht!«, rief der Professor und war mit einem Satz bei dem kleinen Menok. »Das kann gefährlich sein.« Er hob das Papier auf und betrachtete es. »Eine von meinen Notizen. Darauf steht, wie ein bestimmtes Zaubergift neutralisiert werden kann. Dieser gemeine Kerl hat Franklin also *damit* vergiftet.«

»Können Sie ihm helfen?«, fragte Lukas.

»Ich hole noch schnell ein paar Zutaten aus meinem Labor. Die hat dieser Kerl hoffentlich nicht entdeckt. Danach kehren wir erst einmal zurück zum Herrenhaus.« Der Professor wirkte zu allem entschlossen. »Ich finde eine Möglichkeit.«

Der Professor verschwand.

Gerade wollte Lukas Felicitas fragen, weshalb sie so seltsam auf dem Dach reagiert hatte, da erklang ein Scheppern. Alle Blicke richteten sich auf Rani.

Er hielt die Antenne des Walkie-Talkies mit seinem Greifschwanz, der Rest des Gerätes lag am Boden. »Es ist nicht sehr robust.«

»Rani!« Ella war mit einem Satz neben ihm. »Du hast es kaputt gemacht.«

Der kleine Menok klappte die Ohren herunter. »Es tut mir leid. Ist das sehr schlimm?«

Lukas seufzte. »Nicht so wild. Wir kriegen das wieder hin. Irgendwie.«

Endlich kehrte der Professor zurück.

Sie machten sich auf den Weg zum Herrenhaus.

»Konntet ihr sehen, wer unter der Kapuze war?«, fragte Lukas an Ella gewandt.

»Nein«, antwortete stattdessen der Professor. »Aber jetzt wird mir so einiges klar. Als ich das Pulver zum ersten Mal ausprobiert habe, bin ich im Randbereich des Waldes herumgestreift. Dabei stieß ich auch auf etwas Seltsames.«

»Was denn?«, hakte Ella nach, als ihr Großvater schwieg.

»Ein Wesen wie du.« Er deutete auf Rani.

»Ein Menok?!« Aufgeregt sprang Rani an Lukas empor und stellte sich auf dessen Schulter. »Auch ein Forscher?«

»Das kann ich dir nicht sagen. Dieser Menok war eingeschlossen in etwas, das aussah wie ein Block aus gefrorenem Wasser. Er schimmerte silbern.«

Rani erstarrte. Sein Greifschwanz fiel betrübt herab. »Der dunkle Magier hat einen Menok …«

»Dunkler Magier, oh ja, das ist er wohl«, bestätigte der

Professor. »Ich wollte mir das genauer ansehen, doch plötzlich lag ich auf dem Boden. Stunden waren vergangen. Es war helllichter Tag und der Eisblock fort.«

Janetta schien zu bemerken, wie sehr Rani diese Information mitgenommen hatte. »Dieser Block schimmerte silbern?«

Archibald von Thun nickte. »Weißt du etwas darüber?«

»Mein junger Freund«, sagte sie sanft zu Rani, »der Menok ist in magisch verhärtetem Elfenstaub eingeschlossen. Wir nennen es Silberglanz. Das tut nicht weh, fühlt sich wie ein langer, erholsamer Schlaf an.«

»Aber warum hat der dunkle Magier das getan?«, fragte Ella. »Was wollte er von dem Menok?«

Janetta und Jorkin warfen sich einen besorgten Blick zu.

»Ich gebe zu, wir waren nicht ganz ehrlich zu euch«, sagte die Elfe. »Wir haben den Doktor aufgesucht, um genau darüber mit ihm zu sprechen.«

Archibald von Thun lachte auf. »Ihr dachtet, ich habe etwas damit zu tun.«

»Du bist der einzige Mensch, der Flüsterpulver herstellen kann«, sagte Jorkin. »Der Gedanke lag nahe. Doch jetzt ist natürlich bewiesen, dass du nichts dafür kannst. Weder für das Pulver noch für das Verschwinden von Wesen des Flüsterwaldes.«

»Es sind noch mehr verschwunden?«, fragte Felicitas vorsichtig.

Fast wirkte es, als sei sie in den letzten Minuten schüchterner geworden, als sie es bisher gewesen war.

»Nur vereinzelt«, bestätigte Janetta. »Aber es ist uns durchaus aufgefallen. Das alles scheint dramatischer zu sein, als angenommen. Wir werden den Rat darüber informieren.«

Lukas wusste, dass jede Gegenmaßnahme zu spät kam. Der dunkle Magier hatte sich mit dem Pulver Zutritt zum Flüsterwald verschafft. Die dunklen Jahre würden kommen. Er musste sich erneut ins Gedächtnis rufen, weshalb sie überhaupt hier waren. Sobald sie das Blut des Professors besaßen, mussten sie sofort nach Hause zurückkehren. Alles andere war viel zu gefährlich.

»Geht es dir gut?«, fragte er leise an Rani gewandt.

»Dieser Schuft hat einen Menok in Silberglanz eingesperrt.« Rani raufte sich mit beiden Händen und dem Greifschwanz die Haare. »Wir müssen ihn befreien.«

»Wir wissen doch nicht einmal, wo er ist«, sagte Lukas leise. »Vergiss nicht, wir sind lediglich Beobachter.«

Rani verschränkte grummelig die Ärmchen und schwieg.

Ella stupste Lukas an und nickte mit dem Kinn in Richtung des Tuches, das der Professor auf die Wunde presste. »Reicht das?«

Sie stellte die Frage an Felicitas, die kurz überlegte und nickte. »Ich kann das Blut magisch aus dem Tuch in das kleine Fläschchen bringen, das wir dabeihaben. Das sollte genügen.«

Endlich kamen sie zum Feldweg. In der Ferne ragte das Herrenhaus empor. Die Fenster waren noch immer hell erleuchtet.

Es stellte sich heraus, dass Franklin tatsächlich wieder auf die Couch gesunken war. Er schlief, sah jedoch bleich aus.

Der Professor verschwand im oberen Stockwerk und kehrte kurz darauf zurück. »Dieser Mistkerl hat mit der Hilfe von Franklin alles durchwühlt. Ich werde mir etwas einfallen lassen, um meine Arbeiten abzusichern. Vielleicht ein spezieller Raum im Keller.«

»Oder dem Speicher«, sagte Lukas leise zu sich selbst.

»Das ist eine ausgezeichnete Idee.« Archibald von Thun ließ sich neben Franklin nieder. »Ein geheimer Raum auf dem Speicher. Das bekomme ich hin. Schließlich habe ich genug Pyramiden von innen gesehen. Eine Geheimtür muss natürlich davor.«

»Ich kümmere mich mal um Ihre Wunde«, bot Felicitas an.

Lukas entkorkte hinter seinem Rücken das Fläschchen. Elfenstaub wirbelte und die Verletzung des Professors verschwand. Magie wurde wirksam, das Fläschchen füllte sich. Lukas verkorkte es und schob es in die Hosentasche. Damit war die Mission erfolgreich ausgeführt.

»Du hast es erraten, nicht wahr?«, fragte mit einem Mal Janetta. Ihr Blick war auf Felicitas gerichtet.

»Was denn?«, piepste diese.

»Ja genau, was denn?«, fragte Rani neugierig.

Wieder warfen sich Janetta und Jorkin diesen seltsamen Blick zu. Schließlich nickten beide.

»Wir sind keine einfachen Späher«, enthüllte die Elfe. »Es war zu wichtig, dem Verschwinden von Flüsterwäldlern nachzugehen. Deshalb wollte man jemanden aus dem Rat schicken.«

»Aus dem Rat«, sagte Rani. »Aber darin sind nur die Anführer vertreten. Ohhhhhh.«

»So ist es.« Janetta deutete ein Nicken an. »Unsere Namen haben wir uns nur ausgedacht. Ich bin Felinde von Siebenstern, die baldige Königin der Elfen. Und das ist Marius, mein zukünftiger Gemahl und König.«

Eine Gänsehaut überzog Lukas' Arme.

Vor ihm schwebten der Vater und die Mutter von Felicitas.

Mission erfüllt

Felicitas wirkte, als würde sie jeden Augenblick vor Aufregung mitten in der Luft umfallen.

Erst als Ella neben ihm das Haupt neigte, erinnerte sich auch Lukas daran, dass sie beide ja Elfen darstellten und als solche Untertanen der Königin. Aber wie genau verhielt man sich als Elfenuntertan?

»Nein, nein.« Felinde von Siebenstern winkte ab. »Wir sind noch immer inkognito und natürlich werde ich erst gekrönt, wenn unsere Heirat vollzogen ist. Tut einfach so, als wäre ich eine ganz gewöhnliche Elfe.«

Felicitas nickte nur.

»Das ist total nett«, sagte Rani und hüpfte zu dem Professor auf die Couch. »Nachdem das geklärt ist, können wir noch einmal über den Menok sprechen, der im Silberglanz feststeckt?«

»Ich weiß ja gar nicht, ob er das noch tut«, erklärte Archibald von Thun. Er beendete die Untersuchung von Franklin und trat an den Wohnzimmertisch. »Das Gift wurde tatsächlich nach meinen Unterlagen gemischt, aber mit einem Versatz, den ich nicht zuordnen kann. Die Heilung wird wohl einige Tage dauern.«

Er schüttete verschiedene Zutaten in einen Mörser und zerstampfte sie sorgsam mit dem Stößel. Der Korken ploppte, als er einen Flakon öffnete und klares Wasser darübergoss. »Das sollte ihn heilen.«

Vorsichtig flößte er seinem Assistenten das Mittel ein. Franklin bäumte sich einmal kurz auf, dann lag er wieder still.

»Das war's.« Der Professor erhob sich seufzend. »Mehr kann ich leider nicht tun. Jetzt heißt es warten.«

»Wir werden zum Rat zurückkehren und Bericht erstatten«, verkündete Felinde von Siebenstern. »Bitte verbessern Sie die Sicherung um dieses Haus, Doktor von Thun. Falls unser unbekannter Feind noch mehr Flüsterpulver möchte, darf er es nicht bekommen. Außerdem sollten Sie auf Ihren Assistenten achtgeben. Er scheint sehr leicht beeinflussbar zu sein.«

»Das werde ich.« Archibald von Thun nickte. »Und ich

werde alles dafür tun, herauszufinden, wer sich hinter dieser Kapuze verbirgt.«

»Wir werden weiter in Kontakt bleiben«, sagte Marius. »Es ist nicht die erste Gefahr, der wir uns gegenübersehen, und wird wohl auch nicht die letzte gewesen sein.« Er wirkte zuversichtlich.

Lukas hätte die beiden so gerne gewarnt, was die Zukunft für sie bereithielt, wusste aber, dass er das nicht durfte. Sie waren nur Beobachter!

Die Elfen verabschiedeten sich, warfen eine Handvoll Elfenstaub auf das Fenster und sausten mitten durch das Glas davon. Es schwappte kurz, dann waren sie fort.

»Ich danke euch, dass ihr Franklin hierhergebracht habt«, sagte der Professor. »Wer seid ihr überhaupt?«

Innerlich kicherte Lukas, weil Archibald von Thun sie erst jetzt danach fragte. Er schien eindeutig zur zerstreuten Sorte zu gehören. Das Kichern blieb ihm jedoch im Halse stecken.

»Das ist Ella, das da Lukas und die zitternde Elfe ist Felicitas«, erklärte Rani bereitwillig. »Das dort ist Punchy und ich bin Rani.«

Am liebsten hätte Lukas den Menok ordentlich durchgeschüttelt. Wie konnte er nur einfach so ihre Namen verraten! Das schien dem Winzling auch bewusst zu werden und er ergänzte schnell: »Aber das vergessen Sie gleich wieder, ja?«

»Ella«, sagte Archibald von Thun nachdenklich. »Ein schöner Name. Und Lukas. Ungewöhnlich für Elfen.«

»Das … sind natürlich unsere Tarnnamen«, improvisierte Lukas. »Die echten dürfen wir nicht verraten.«

»Verstehe. Es hat mich gefreut, euch kennenzulernen. Ihr wart bei dem Angriff der Schemen überaus tapfer.«

»Wir sollten dann wohl auch langsam gehen«, sagte Lukas. »Schließlich wollten wir nur kurz in Winterstein vorbeischauen und dann wieder zurückkehren.«

»Dann drücke ich euch die Daumen, dass ihr bald wieder schrumpft«, sagte der Professor.

»Wie bitte?« Verwirrt erwiderte Lukas den Blick von Archibald von Thun.

»Damit ihr wieder eure normale Größe habt?«

»Richtig«, sagte Ella schnell. »Danke. Es hat mich wirklich gefreut.«

Sie verabschiedeten sich und verließen hektisch das Herrenhaus.

»Du bist manchmal schwer von Begriff«, sagte der Menok an Lukas gewandt. »Das hätte ins Auge gehen können.«

»Ich?!« Nun wäre Lukas beinahe explodiert.

Es war Ella, die Schlimmeres verhinderte. »Geht es dir gut?«, fragte sie Felicitas.

»Das war meine Mutter«, stammelte die Elfe. »Ich kann es nicht glauben. Sie war so jung. Und mein Vater … er war gar nicht erhaben und groß.«

»Dafür braucht er vermutlich noch ein paar Jahre«, sagte Lukas.

»Ich hätte sie gerne in den Arm genommen.«

Selbst Rani wirkte in diesem Augenblick, als würde er Felicitas am liebsten herzen. »Vielleicht besuchst du sie einfach, sobald du wieder daheim bist?«

Punchy maunzte bedauernd.

»Das geht nicht«, ergänzte Felicitas.

»Warum?«, fragte Ella.

So ganz hatte Lukas das immer noch nicht verstanden. Er wusste, dass die junge Elfe ein Internat besuchte und eigentlich lieber daheim im Palast gewesen wäre. Es hatte etwas mit dem Siebenbachtal zu tun. Irgendein Zauber war schiefgegangen.

Felicitas seufzte. »Der Palast ist schuld.«

»Wie bitte?«, fragte Lukas.

»Meine Magie ist einfach zu stark. Daher lerne ich im Internat, sie besser auszubalancieren.«

»Bisher läuft das ja nicht gerade gut«, murmelte Rani.

Glücklicherweise überhörte Felicitas den gemeinen Einwurf.

»Und daheim im Palast ist natürlich überall besonders starke Magie«, sprach die Elfe weiter. »Deshalb ist es da schwerer.«

Sie waren dem Weg gefolgt, bis sie außer Sichtweite des Herrenhauses waren. Sicherheitshalber schlugen sie sich nun zusätzlich in die Büsche. Nicht auszudenken, wenn ein zufälliger Besucher sie beim Öffnen des Zeitportals gesehen hätte.

»Kannst du denn wenigstens mit deinen Eltern sprechen?«, fragte Ella. »Sie sehen?«

»Oh, das schon. Wir schicken uns Himmelsblüten mit Nachrichten darin.« Bei dem Gedanken kehrte die alte Leichtigkeit zu Felicias zurück. »Im Palast wachsen ganz besondere Blumen. Die sammle ich in meinem Zimmer im Internat. Dort ist es schon sehr bunt und wenn ich schlafen gehe, duftet es nach Blüten. Genau wie daheim im Palast.«

In Lukas' Hals bildete sich ein Kloß. Schnell wechselte er das Thema. »Kehren wir erst einmal nach Hause zurück und kümmern uns um den Professor.« Er klopfte sich auf die Tasche. »Das Fläschchen mit dem Blut habe ich.«

Ella zog die Uhr hervor. Andächtig strich sie darüber. »Ein so kleiner Gegenstand und doch voller Magie.«

»Seid ihr bereit?«, fragte Lukas.

Nacheinander nickten Felicitas, Rani und Punchy.

»Dann konzentrieren wir uns jetzt alle auf das Baumgefängnis und den Professor«, sagte er.

Sie stellten sich nebeneinander auf. Ella drückte den Knopf an der Taschenuhr. Der Deckel sprang auf, die Zeiger surrten. Vor ihnen schimmerte die Luft violett und ein Strudel entstand.

Dann stoppten die Zeiger. Schon wurden sie vom Zeittunnel erfasst und hineingezogen.

Das Portal trug alle davon.

Ein abgelenkter Menok

»Wie sind wir denn hier gelandet?« Verwirrt blickte Ella sich um.

Sie befanden sich in einem unterirdischen burgähnlichen Bau. Lukas erkannte ihn mit Schrecken wieder. Auf der Suche nach Ellas Großvater hatten sie es schon einmal betreten: ein ehemaliges Versteck des dunklen Magiers. Unter den Dielenbrettern gab es eine Treppe, die zu einem Standuhrportal führte. Damit gelangten sie auch zum Baumgefängnis, in dem Ellas Großvater gefangen war – allerdings führte dieser Weg an untoten Skeletten und gefährlichen Monstern vorbei.

»Hier stimmt doch etwas nicht«, hauchte Lukas.

»Das kannst du laut sagen.« Ella stemmte die Fäuste

in die Hüfte. »Wir hätten direkt im Baumgefängnis herauskommen sollen.«

»Hier ist es auch viel sauberer als beim letzten Mal.« Felicitas flatterte in die Höhe und strich nachdenklich über das blanke Glas einer Lampe.

Ranis Blick war in eine Ecke gerichtet, wo sich allerlei Artefakte auftürmten. Er flitzte dorthin, schleuderte alle Gegenstände in seinem Weg beiseite und stand stocksteif vor einem Block aus Silberglanz. Im Inneren saß ein Menok, die Augen geschlossen.

Langsam begriff Lukas, was geschehen war. »Du hast beim Zeitreisen an deinen gefangenen Artgenossen gedacht, richtig?« Er trat neben Rani. »Und der Gedanke war so stark, dass uns das Portal hier abgesetzt hat. Aber nicht in der Gegenwart.«

Ella erbleichte. »Bedeutet das, der dunkle Magier ist noch … hier?«

Die Muskeln unter Punchys Fell bewegten sich, als die Katze wie ein Blitz zwischen Möbeln und Artefakten verschwand.

Rani nickte. »Es tut mir leid. Aber der Gedanke an den gefangenen Menok hat mich nicht losgelassen.« Er strich mit seinem Greifschwanz über den Silberglanz. »Kann man sie denn irgendwie befreien?«

»Sie?«, fragte Ella.

»Es ist ein Weibchen«, erklärte Rani. »Das sieht man doch an den Fellflecken.«

»Natürlich«, sagte Lukas schnell, als sei es die selbstverständlichste Sache der Welt.

»Wir müssen sie befreien.«

Felicitas schwebte zwischen ihnen und betrachtete den Block. »Ich könnte es versuchen.«

»Wehe, du lässt sie explodieren!«, sagte Rani grimmig.

»Ärger sie nicht!«, verlangte Ella.

Doch Felicitas hörte gar nicht mehr zu. Mit Kennerblick untersuchte sie den verhärteten Elfenstaub. »Der hatte Zeit zu reifen, ist ziemlich fest.« Sie pochte mit den Fingerknöcheln sanft dagegen. »Klingt nach einigen Jahren.«

»So lange.« Lukas fragte sich unweigerlich, in welcher Zeit sie sich wohl gerade befanden.

Felicitas ließ Elfenstaub wirbeln. Ihre Magie sickerte durch die Luft herab, als habe jemand eine Handvoll Mehl auf den Würfel gepustet.

Nichts geschah.

Sie seufzte. »Es tut mir leid. Aber hier hilft kein *gewöhnlicher* Elfenstaub.«

»Gibt es denn noch anderen Elfenstaub?«, fragte Ella.

»Ja, unser normaler Staub wird in den Wolkenfeldern erschaffen, aber es gibt ja auch noch die Gewitterwolken. Darin bauen wir kleine Mengen von dunklem Elfenstaub an.«

»Ich werde sie auf keinen Fall hierlassen.« Rani verschränkte die Arme.

»Felicitas«, wandte sich Lukas an die Elfe. »Kannst du den Block vielleicht schrumpfen lassen?«

»Schrumpfen«, echote sie. »Das dürfte kein Problem sein.«

»Dann kannst du sie in deinem Fellbeutel mitnehmen, Rani«, sagte Lukas. »Und wenn wir zurück sind, befreien wir sie.«

»Ja. Ja!« Ranis Ohren klappten wieder in die Höhe. »So machen wir das.«

Noch einmal wirbelte Elfenstaub und tatsächlich schrumpfte der Block. Immer kleiner wurde er, bis er auf einer ausgestreckten Hand Platz hatte. Schließlich besaß er nur noch die Größe eines Schlüsselanhängers.

Zufrieden verstaute Rani den Block in seinem Beutel. »Keine Sorge, wir holen dich da raus.«

Im gleichen Augenblick kam Punchy zurück. Sie wirkte aufgeregt, maunzte kläglich und nickte immer wieder mit dem Kopf hinter sich.

»Heißt das jetzt, wir sollen dorthin oder so schnell es geht in die andere Richtung?«, fragte Rani.

»Dorthin!«, rief Felicitas und sauste zu ihrer Aufpasserin.

Im Nu rannten sie zwischen den aufgestapelten Artefakten entlang.

Punchy führte sie über ein paar Holztreppen zu einem Fenster. Dieses bot einen Ausblick auf den Flüsterwald. In Sichtweite flirrte magische Kraft über den Baumwipfeln. Ein Teil davon war dunkel, ein anderer farbschattiert.

»Da kämpft jemand«, sagte Felicitas sofort. »Das ist aber sehr dunkle Magie.«

Ella wurde kreidebleich. »Wir sind …«

»… mitten in den dunklen Jahren gelandet«, vollendete Lukas ihren Satz.

Lukas nahm die Uhr entgegen und klappte sie auf, um die Oberfläche genauer zu betrachten. Doch es war nicht abzulesen, in welcher Zeit sie sich befanden.

Gemeinsam starrten die Freunde hinaus auf das Schauspiel. Dort draußen wurde um die Seele des Flüsterwaldes gekämpft. Und auch wenn sie wussten, wie es am Ende ausging, standen sie jetzt doch mittendrin. Eine Erfahrung, die Lukas gerne vermieden hätte.

»Also verstehe ich das richtig? Wir befinden uns gerade im geheimen Hauptquartier des dunklen Magiers, der jeden Augenblick zurückkommen kann?«, fragte Ella.

Rani zuckte zusammen. Mit einem Satz hing er an Lukas'

Kragen und zerrte daran. »Drück sofort auf die Uhr! Wir müssen hier weg. Er wird uns alle töten. Oder einsperren in Silberglanz. Jetzt drück endlich!« Mit seinem Greifschwanz schnappte sich Rani die Uhr.

Leider geschah das so abrupt, dass diese zu Boden fiel.

Etwas klirrte.

»Rani!«, rief Ella.

Sie hob die Uhr auf und betrachtete sie entsetzt. »Da ist ein Sprung im Glas.« Sie schüttelte die Uhr leicht. »Und etwas hat sich im Inneren gelöst.«

»Rani!« Lukas schob den Menok von sich und setzte ihn wieder auf den Boden.

»Hättest du mal schneller auf den Knopf gedrückt«, sagte der Menok vorwurfsvoll, brachte aber sicherheitshalber ein wenig Abstand zwischen sich und Lukas.

Felicitas schwebte neben Ellas Hand und begutachtete die Uhr mit zusammengekniffenen Augen. »Die Magie ist blockiert. Wir müssen sie erst reparieren.«

»Dann würde ich sagen, wir verschwinden von hier«, sagte Lukas. »Irgendwo werden wir schon Hilfe finden.«

In der Ferne löste die dunkle Magie die helle auf. Der böse Magier hatte gewonnen.

»Und vielleicht beeilen wir uns besser damit«, merkte Ella an.

Gemeinsam rannten sie durch die dichten Gänge aus Artefakten, seltsamen Möbelstücken, Regalen voller Steine, Tinkturen und Tiegel. Endlich erreichten sie die Ausgangstür und traten hinaus in den Flüsterwald.

Die dunklen Jahre nahmen sie auf.

Die dunklen Jahre

Sie rannten tief im Unterholz, über Wurzeln hinweg, an einem Bach vorbei, und stoppten erst, als jeder schwer keuchte. Mit Ausnahme von Punchy. Die Katze hätte vermutlich noch stundenlang weiterlaufen können.

»Was sollen wir denn jetzt tun?«, japste Ella.

»Dein Großvater könnte die Uhr reparieren, oder nicht?«, schlug Lukas vor.

Doch Ella schüttelte den Kopf. »Wir wissen gar nicht, wo er sich gerade aufhält. Und auch nicht, wo wir überhaupt sind.«

»Ich schaue mich mal um, wartet.« Felicitas flatterte angestrengt mit den Flügeln und stieg in die Höhe. Dort sah sie in die Ferne und kam wieder herunter. »Wir befinden uns ganz in der Nähe meines Internats. Sieben Bäume weiter liegt der Zugang zu einer Blinzelbahn. Mit ihr kommen wir überallhin.«

Die Elfe flog langsam voraus und sie folgten ihr.

»Vielleicht können wir uns erst einmal in das Herrenhaus zurückziehen«, überlegte Lukas laut. »Mit etwas Glück finden wir deinen Großvater dort.«

Nach einem Marsch von zwanzig Minuten erreichten sie den Eingang. Er war jedoch leider versperrt von zwei grimmig dreinblickenden Wachen. Elfen in Rüstungen, die lange Speere in der Hand trugen.

»Euren Passierstein«, verlangte einer der beiden.

Sein Brustpanzer schimmerte in einem dezenten Grünton, der seines Gefährten in Blau.

»Meint er Passier*schein*?«, fragte Lukas leise an Ella gewandt.

»Oh«, hauchte Felicitas da bereits. »Wir brauchen einen Passierstein.« Sie hustete und lachte ein wenig zu künstlich. »Tja-ha, das war wohl meine Schuld. Den habe ich liegen lassen.«

»Wo denn?«, fragte der Elf listig.

»Im Internat.«

»Welchem Internat?«

Felicitas wurde rot. »Meinem?«

»Und welches ist das?«

»Das beste natürlich«, schaltete sich Rani wie immer mit perfektem Fingerspitzengefühl ein. »Und jetzt mach Platz.«

Felicitas nannte stattdessen seufzend ihr Internat. »Orchideenrose.«

»Das ist aktuell geschlossen. Netter Versuch.«

Nun wurde der Elf langsam wütend und auch die zweite Wache, die bisher geschwiegen hatte, umfasste den Speer fester. Dabei betrachtete er Lukas und Ella genauer. »Ihr seid ganz schön groß.«

»Wir sind Späher«, erklärte Lukas. »In den nächsten Stunden schrumpfen wir wieder.«

»Zu welcher Spähgruppe gehört ihr denn?«

»Ihr stellt zu viele Fragen«, ereiferte sich Rani. »Wir müssen dringend nach Winterstein. Und schließlich ist sie die Prinzessin.« Er deutete mit dem Greifschwanz auf Felicitas.

Lukas schwor sich innerlich, dass Rani den Rest ihrer Reise in seinem Rucksack verbrachte. Geknebelt und gefesselt.

Die beiden Elfen sahen sich kurz an, dann brachen sie in Gelächter aus.

»Der war gut.« Der Elf in der grünen Rüstung rieb ein paar Lachtränen beiseite. »Also kein Passierstein.« Sein

Blick war auf Lukas gerichtet und plötzlich weiteten sich seine Augen. »Was ist das?«

Zuerst glaubte Lukas, dass Gefahr von hinten drohte, weshalb er blitzschnell herumfuhr. Doch da war nichts.

Ella sog jedoch ebenfalls entsetzt die Luft ein. »Deine Ohren.«

Lukas betastete sie und bemerkte sofort, dass die Spitzen sich zurückbildeten. Gleiches geschah bei Ella. Der Zauber verlor seine Wirkung.

»Ihr beide seid Menschen!«, rief Grünrüstung. »Unser Aufhebungszauber neutralisiert jede Art von Magie.«

Ruckartig richteten sich beide Speere auf sie.

»Wir kommen in Frieden!«, sagte Lukas instinktiv.

Punchy bezog Position zwischen den Verteidigern und ihrem Schützling. Rani umklammerte seinen Fellbeutel schützend mit den Ärmchen.

»Gehört ihr zum dunklen Magier?«, rief Blaurüstung.

»Nein!«, versicherte Ella. »Im Gegenteil. Wir fliehen vor ihm. Das ist … etwas kompliziert zu erklären.« Hilfe suchend sah sie zu Felicitas.

»Lasst uns einfach durch und wir verlassen den Flüsterwald sowieso.«

»Anordnung der Königin: Niemand darf die Blinzelbahn benutzen.«

»Ich habe ständig Anweisungen von ihr missachtet«, sagte Felicitas mit einem verschmitzten Grinsen und wedelte mit der Hand. »Eine kleine Ausnahme kann man doch machen.«

Grünrüstung klappte wortwörtlich der Unterkiefer gen Erdmittelpunkt. »Ausnahmen?«

Blaurüstung starrte Felicitas schockiert an. »Missachtet?«

Stille.

Beide Elfen sahen sich an, ihre Gesichter wurden noch grimmiger.

»Im Namen Felindes von Siebenstern nehmen wir euch in Haft«, blafften sie gleichzeitig.

»Toll«, kommentierte Lukas. »Noch schlimmer …«

»Sag es nicht!«, verlangte Ella.

»… kann es echt nicht werden.«

Und damit war der Schaden endgültig angerichtet.

Im Elfenpalast

Von den beiden Wachen mit den Speeren angetrieben, ging es für Ella, Felicitas, Rani, Punchy und Lukas nun zum Elfenpalast. Zwar befanden sie sich in einer denkbar ungünstigen Situation, trotzdem konnte Lukas nicht umhin, sich unterwegs staunend umzusehen.

Kaum hatten sie eine Böschung hinter sich gelassen, breitete sich ein weites Tal vor ihnen aus. Ein Bach mit silbrigem Wasser sprang fröhlich durch das Tal, an hüfthohen Büschen hingen saftige Beeren. Überall wuchsen ausladende Bäume in die Höhe, auf deren Geäst Elfen saßen und sich unterhielten. Zwischen ihnen saßen Katzen. In der Ferne ragte ein Bau empor, der aus sich verästelnden Gängen und Räumen bestand, fast wie ein gewaltiger Baum, der aus Kristallen und Holz gewachsen war. Er wirkte luftig, einladend und magisch. Der Elfenpalast.

Lukas blieb der Mund offen stehen. Rani blinzelte verzückt und Punchy reckte stolz ihr Haupt. Einzig Felicitas schaute ängstlich drein.

»Was ist los?«, fragte er die Elfe.

»Dadrin sind meine Eltern«, flüsterte sie. »Was ist, wenn sie mich erkennen?« Nach kurzem Nachdenken ergänzte sie: »Was ist, wenn sie mich *nicht* erkennen?«

Lukas lächelte mitleidig. »Du freust dich darauf, sie zu sehen.«

»Aber ja. Und ich habe Angst. Sie dürfen ja nicht wissen, wer ich bin.«

»Wir schaffen das gemeinsam«, sagte er. »Und immerhin sind wir ihnen schon begegnet. Auch wenn sie jetzt wissen, dass wir Menschen sind. Können sie vielleicht die Uhr reparieren?«

Felicitas bekam große Augen. »Ich weiß nicht … Es ist Zeitmagie. Zeig sie ihnen besser nicht.«

Nicht auszudenken, was geschah, wenn ihnen die Elfenkönigin und der Elfenkönig die Zeitreiseuhr abnahmen. Dann saßen sie hier fest. Die Zeit würde vergehen und bis Lukas seine Eltern wiedersah, waren über dreißig Jahre vergangen. Sie würden ihn gar nicht erkennen, weil er steinalt war.

»Das Blut hast du noch?«, fragte Ella.

Lukas klopfte auf seine Hosentasche. »Keine Sorge. Da kann nichts passieren.«

Endlich erreichten sie den Eingang. Dort tauchten weitere – noch grimmiger dreinschauende – Elfenwachen auf. Sie warfen Elfenstaub in die Luft und wirkten Zauber.

Die Welt machte einen Ruck und Lukas schrumpfte zusammen. Der Eingang, die Gänge, die Räume waren natürlich für Elfengrößen gemacht. Dafür war alles sogar recht beeindruckend. Geradezu riesig.

Als die Magie ihre Wirkung getan hatte, war Lukas so groß, wie sein Unterarm zuvor gewesen war. Ella ebenfalls.

Rani betrachtete ihn mit einem Grinsen im Gesicht. »Glückwunsch, jetzt hast du eine vernünftige Größe.«

Punchy wirkte unbeeindruckt. Und eines begriff Lukas sofort, als sie den Palast betraten: Die Katze fühlte sich hier zu Hause. Es hätte ihn kein bisschen gewundert, wenn sie den Wachen Befehle zugemaunzt und diese sie alle befolgt hätten.

Es stellte sich heraus, dass es hier keinerlei Treppen gab. Wozu auch, schließlich konnten Elfen fliegen. Überall führten Schächte in die Höhe und die Tiefe. In den Wänden gab es Klappen, auf denen die Silhouetten von Katzen gemalt waren.

»Der gesamte Palast ist auch für Katzen gemacht«, begriff Lukas.

»Natürlich«, sagte Felicitas. »Sie leben eigentlich nicht hier, können uns aber jederzeit besuchen. Meine Mutter hat mir als Kind immer von den Katzenlinien erzählt, die den Flüsterwald durchziehen. Darüber können Katzen angeblich weite Strecken zurücklegen.« Sie warf Punchy einen Blick zu. »Aber bisher habe ich noch nie gesehen, dass sie das getan hat. Fast jede Elfe hat eine Katze als Gefährtin oder Gefährten.«

Lukas betrachtete Pedora Ulinde Naftet von Chibalka mit erstarkender Neugierde. Sie konnte durch die Schatten verschwinden und auf den Katzenlinien umherstreifen? Sie lebte eigentlich in den Bergen, war aber Felicitas als Beschützerin zugeteilt? Ihm wurde bewusst, wie wenig er über Punchy wusste. Von all seinen neuen Freunden war sie noch die Geheimnisvollste. Für eine Sekunde wirkte es so, als blinzele sie ihm zu. Er musste sich getäuscht haben.

Mit der Hilfe von Elfenstaub schwebten Lukas und Ella in die Höhe.

»Wir werden nicht zum Empfangssaal gebracht«, flüsterte Felicitas.

»Was?! Aber wohin denn dann?«, fragte Lukas.

»Das sind die geheimen Bereiche, die ich nie aufsuchen durfte«, erwiderte sie gepresst. »Was uns dort erwartet, weiß ich nicht.«

Vor einem verzierten Flügelportal wurden sie von den Wachen gestoppt. »Diese Tür öffnet sich nur für königliches Blut, kein Fremder darf sie überschreiten.« Etwas leiser ergänzte er: »Ihr aber schon.«

»Warum?«, fragte Rani.

»Ich habe keine Ahnung«, gab Blaurüstung zu. »Aber ihr werdet es gleich herausfinden.«

Das Tor knarzte und teilte sich.

Dahinter erwartete sie schimmernde Dunkelheit, die von leuchtenden Pflanzen erhellt wurde. Die Blüten befanden sich in einseitig offenen Glaskugeln, welche alle Wände bedeckten. Ein Flimmern durchzog die Luft, als würde es beständig Silber regnen.

Lukas stieg der Geruch von Pfeffer in die Nase, er musste niesen. Doch da war noch etwas anderes, Fremdes.

Sie zuckten zusammen, als sich hinter ihnen die Tür mit einem Knarzen schloss. Der Raum beherbergte nur ein einfaches Bett an der Seite, auf dem jemand lag.

Ellas Augen weiteten sich. »Gr… Herr von Thun?«

Beinahe hätte sie ihn Großvater genannt.

Doch es war nicht der Professor, der auf dem Bett lag.

»Franklin«, sagte Lukas. »Das ist der Assistent des Professors. Wieso liegt er hier? Ist ihm schon wieder etwas passiert?«

Ein Flattern war zu hören.

»Nicht schon wieder«, sprach eine hallende Stimme. »Immer noch. Er schläft seit damals.«

Ein Schatten verwehte und dahinter kam die Königin zum Vorschein. Felinde von Siebenstern, die Mutter von Felicitas.

»Eure Majestät«, sagte Lukas und verneigte sich.

»Ihr habt viel zu erklären.« Felinde von Siebenstern schwebte neben Franklin und ließ sanft ihren Blick auf ihm ruhen. »In stürmischen Zeiten taucht ihr also wieder auf und tragt noch dieselbe Kleidung wie bei unserer letzten Begegnung. Ich wage sogar zu behaupten, dass keiner von euch gealtert ist.« Sie ließ ihren Blick auf jedem Einzelnen für einen Augenblick ruhen. »Unser Flüsterwald sieht sich Herausforderungen gegenüber wie nie zuvor. All unsere Errungenschaften, unsere Freiheit, die Magie selbst stehen auf dem Spiel. Und inmitten dieser Zeit erscheint ihr. Ein Geheimnis umgibt euch.« Ihre Stimme klang rein und schön wie fließender Honig.

In diesem Augenblick hätte Lukas ihr alles verraten.

Doch Franklin kam dazwischen.

Ruckartig fuhr er in die Höhe, sah sich mit glasklaren Augen um und fragte: »Wo bin ich?«

Selbst die Königin wich überrascht zurück.

Was ging hier vor?

Hinter Franklin, weit entfernt über dem Wald, erblühte eine feurige Wolke.

Ganz besonderer Tee

Felinde von Siebenstern fing sich sofort wieder.

»Wartet«, sagte sie und flog aus dem Raum.

Vermutlich wollte sie sich von ihren Wachen berichten lassen, was soeben geschehen war.

Franklin hatte sich die Decke bis zum Kinn gezogen und blickte zwischen Felicitas, Lukas, Rani und Punchy hin und her. »Wer seid ihr?«

»Freunde«, sagte Lukas erst einmal, um den verwirrten Mann zu beruhigen.

»Ihr habt mich entführt!«

»Genau genommen haben wir dir das Leben gerettet, aber das scheint alles etwas komplizierter zu sein«, schaltete sich Ella ein.

»So ist es.« Rani tippelte an die Bettkante, setzte sich die Brille auf die Nase und betrachtete Franklin eingehend. »An was erinnerst du dich?«

Der Assistent des Professors dachte nach. »Nun, ich war bei Doktor von Thun und ging danach nach Hause. Dort aß ich Schoko… äh, einen Salat und vertiefte mich in den neuesten Fantasyrom… ich meine, wichtige Unterlagen.«

»Irgendwie mag ich ihn«, warf Rani ein.

»Aber dann wurde ich müde und bin eingeschlafen.« Er nickte leicht. »Hat der Doktor mich hierherbringen lassen? Wer seid ihr?«

»Womöglich hat jemand die Schokolade vergiftet«, überlegte Ella laut.

Ranis Augen weiteten sich entsetzt. »Wer tut denn so was?! Von welchem Baum hattest du sie gepflückt?«

»Salat!«, rief Franklin. »Es war gesunder Salat.«

»Na, der Gleiche, der *dafür* verantwortlich ist.« Ella deutete zu den Flammen im Wald. »Wir befinden uns in den dunklen Jahren.«

»Wovon redet ihr?« Franklin warf die Decke beiseite.

Er trug einen rot-blauen Pyjama. Seine Alltagskleidung lag auf der seitlichen Kommode. Lukas erkannte mit einem Blick, dass es zwar die Kleidung von damals war, doch jemand hatte sie gewaschen und alle Risse sorgsam genäht.

»Aber die dunklen Jahre haben doch viel später begonnen«, flüsterte Felicitas. »Heißt das, dass er all die Jahre hier geschlafen hat?«

»Felicitas, wie kann Franklin so lange bewusstlos gewesen sein?«, fragte Ella.

Vor der Tür erklangen Geräusche und kurz darauf kehrte die Königin zurück. Sie wirkte beunruhigt.

»Was ist passiert?«, wollte Lukas wissen.

Felinde von Siebenstern schüttelte den Kopf. »Zuerst müsst ihr mir meine Fragen beantworten. Ich weiß, dass ihr nicht zum dunklen Magier gehört. Allerdings verbergt ihr etwas. Unser letztes Zusammentreffen liegt Jahre zurück, doch ihr tragt noch immer die gleiche Kleidung.« Sie deutete auf ein ausgefranstes Loch in Lukas' Hoodie. »Das stammt von dem Feuer.«

Die Königin war zu schlau, das begriff er sofort. Vermutlich ahnte sie längst, womit sie es hier zu tun hatte.

»Wir sind durch ein Zeitportal gekommen.« Es war Felicitas, die Felinde von Siebenstern die Wahrheit enthüllte.

Diese nickte langsam. »Ich dachte es mir bereits.« Sie betrachtete Lukas und Ella nacheinander. »Wer damals euren Verschleierungszauber gesprochen hat, besitzt außerordentliches Talent. Doch ich habe es gespürt. Ihr beiden seid Menschen.«

Felicitas wurde vor Freude knallrot. Immerhin hatte ihr die eigene Mutter gerade magisches Talent bescheinigt.

»Das stimmt«, gab Lukas zu.

»Und trotzdem habt ihr gemeinsam mit Marius für mich gekämpft.« Felinde von Siebenstern lächelte. »Das ehrt euch. In der heutigen Zeit werden Menschen nicht gerne im Flüsterwald gesehen. *Er* hat zu viel angerichtet.«

»Kann mir mal jemand verraten, worüber ihr hier gerade redet?«, fragte Franklin.

»Das sollten wir in der Tat«, sagte Felinde von Siebenstern. »Du ruhst hier, um zu genesen. Der dunkle Magier hat dich vergiftet. Ein Zaubertrank konnte das Gift neutralisieren, doch du bist nicht mehr aufgewacht. Selbst die besten Magier meines Hofes waren nicht in der Lage, etwas daran zu ändern.«

»Ich … ich verstehe …«

»Der Professor streift durch den Flüsterwald und sucht seither ein Gegenmittel«, erklärte die Königin mit einem milden Lächeln. »Gerade sucht er wohl Rat bei den Teekindern, die für ihre magischen Teesorten bekannt sind.« Die Königin lachte glockenhell. »Er wird erfreut sein, dich zu sehen. Es gibt nicht viele schöne Nachrichten in diesen Tagen.« Sie deutete hinaus. »Der Kampf gegen den dunklen Magier tobt unaufhörlich.«

Der Gedanke schmerzte Lukas. Zwar wusste er, dass der Gegner am Ende besiegt worden war, aber nicht umsonst nannten die Flüsterwäldler diese Zeit »die dunklen *Jahre*«. Sobald sie wieder alleine sprechen konnten, würde er seine Freunde darüber ausfragen, wann der Kampf genau zu Ende gegangen war.

Mittlerweile hatte Franklin sich vollständig angekleidet. »Wie mir scheint, hat dieses seltsame Gift einfach ein paar Tage gebraucht, seine Wirkung zu verlieren. Das wird den … Moment, sagten Sie gerade ›Professor‹?«

Lukas atmete tief ein und wieder aus. Natürlich! Als Franklin bewusstlos geworden war, war Archibald von Thun noch Doktor gewesen. Doch wie viel Zeit genau bisher verstrichen war, konnte nur die Königin beantworten.

»Nun, wie ich bereits sagte«, meldete sich Felinde von Siebenstern zu Wort, »war das Gift ein besonderes. Es hat Sie sehr lange schlafen lassen.«

»Wochen?«, fragte Franklin.

»Etwas länger.«

»Monate?«

»Noch ein wenig länger«, sagte die Königin.

Franklins Augen wurden groß. »Jahre?«

»Das kommt hin.«

Er schluckte. »Zwei Jahre?«

Die Königin räusperte sich. »Es waren doch ein paar mehr.«

Das Gesicht des Assistenten hatte die Farbe von weißem Kreidestaub angenommen. »Wie viele?«

Stille senkte sich auf den Raum herab und kündete von dem Donner der Wahrheit, der gleich über sie alle hereinbrechen würde.

»Es sind über zehn Jahre«, sagte die Königin.

Franklin erwiderte ihren Blick mit großen Augen. Der Schock war ihm anzusehen. Da war er eines Abends zu Bett gegangen, nur um zehn Jahre später aufzuwachen.

»Der Professor wird Ihnen alles erklären können«, sagte die Königin sanft. »Suchen wir ihn doch gemeinsam auf. Die Teekinder brauen den besten Tee im ganzen Flüsterwald. Das wird Ihnen guttun.«

Lukas konnte das nur bestätigen. Er hatte selbst schon von dem Tee probiert. Sogar seine Eltern waren nach einer Tasse tiefenentspannt gewesen.

Gemeinsam verließen sie das Zimmer und schließlich auch das Schloss. Franklin folgte ihnen schweigend.

Das Wiedersehen

Außerhalb des Schlosses gewannen Ella und Lukas ihre normale Größe zurück und atmeten auf. Mit Felicitas' Hilfe stellten sie auch die falschen Ohren wieder her.

Die Elfen bildeten einen Kreis, warfen Elfenstaub und ließen ihre Magie wirken. Die Umgebung rotierte schlimmer als in jeder Blinzelbahn. Dann standen sie alle am Rand eines weiten Feldes.

Überall wuchsen Sträucher mit verschiedenfarbigen Teeblättern aus dem Boden. Um sie herum waren Netze aufgestellt, an denen kleine Beutel hingen. Sobald ein Windstoß kam, wurde durch winzige Löcher in den Beuteln Elfenstaub herausgeweht und traf die Teeblätter.

Auf der anderen Seite des Teefeldes standen zahlreiche

Zelte, die beidseitig offen waren. Dazwischen loderte ein Feuer. Der Duft von Tee hing in der Luft.

»Da vorne ist der Professor.« Die Königin flog auf die Zelte zu.

»Jemand sollte ihr sagen, dass flügellose Wesen für den Weg länger brauchen und er obendrein anstrengender ist«, sagte Rani, nachdem er auf Lukas' Schulter gehüpft war. »Lauf etwas schneller.«

Ella kicherte. »Genau, Lukas, schneller.«

Er hätte den Menok am liebsten kurzerhand wieder auf den Boden gesetzt. Oder auf Punchys Rücken. Doch die hielt sich überraschend nah bei Felicitas. Ihr Blick glitt aus funkelnden Augen durch die Nacht.

Etwas pfiff durch die Luft.

»Aua!« Lukas rieb sich die Stirn.

Irgendwo zwischen Büschen raschelte es.

»Das war kein Feind!«, blaffte eine tiefe Stimme.

»Entschuldigung«, kam es piepsig zurück.

Für einen Augenblick sah Lukas einen kleinen Fellkörper im Mondlicht, der jedoch sofort hinter einem Busch verschwand.

»Menoks«, krächzte Rani.

Franklin warf einen kurzen Blick hinüber, schwieg darüber hinaus allerdings.

»Denk dran, wir sind Besucher«, flüsterte Lukas. »Und dürfen nichts verraten.«

Beschützend legte Rani die Ärmchen und den Greifschwanz auf seine Felltasche. »Du hast Angst um die Aufzeichnungen in meinem Buch, nicht wahr? Wenn jemand sie erbeutet, weiß er alles über die Menschen.«

»Ja, genau«, sagte Lukas trocken. »Das auch.«

»Ich werde sie mit meinem Leben verteidigen«, versprach Rani feierlich.

»Auch wenn dir jemand dafür Schokolade anbietet?«

»Natürlich! Wäre das denn eine Möglichkeit? Und wenn ja: wer und wo?«

Lukas stöhnte auf.

Ella kicherte erneut. »Tja, aber vor den Menoks müssen wir wohl keine Angst haben.«

»Sie wurden während der dunklen Jahre als Wachen eingesetzt«, erklärte Felicitas. »Flink und klein werden sie oft übersehen. Außerdem können sie weite Gänge unter der Erde graben.«

»Wir sind vielseitig«, sagte Rani stolz. »Genau genommen gibt es nichts, was wir nicht können.«

»Und bescheiden seid ihr auch noch«, ergänzte Lukas.

»Das auch«, bestätigte Rani natürlich.

Sie erreichten mit ein wenig Verspätung die Zelte. Der

Professor erwartete sie schon. Als er seinen Assistenten erblickte, rannte er auf diesen zu und zog ihn in eine Umarmung.

»Wie ist das möglich?«, haucht er. »Wie konntest du einfach erwachen?«

Franklin schien gerührt und verwirrt gleichzeitig. »Das weiß ich nicht. Es war ein überaus angenehmer Schlaf, ich wollte gar nicht erwachen. Aber dann war da etwas, das zuvor nicht da gewesen war. Ein Licht.«

Lukas erinnerte sich an kein Licht. Sie waren eingetreten und schwups, war der Assistent aufgewacht. Konnte es mit der Zeitmagie zu tun haben? Oder hatte einfach ein bereits gesprochener Zauberspruch später seine Wirkung entfaltet?

»Habe ich viel verpasst?«, fragte Franklin.

Der Professor winkte ab. »Die üblichen Streitigkeiten zwischen den Fachbereichen. Die Universität hat jetzt einen neuen Flügel und es wird ein neuer Marktplatz gebaut.«

»Ich habe so viel Zeit verloren.«

»Wenn man es genau nimmt, hast du das nicht«, sagte der Professor. »Während du geschlafen hast, bist du nämlich nicht gealtert.«

»Ich bin nicht …« Überrascht betastete Franklin sein Gesicht. »Da ist kein Bart. Ich dachte schon, dass mich jemand rasiert hat.« Jetzt berührte er die Haare auf seinem Kopf. »Deshalb brauche ich wohl auch keinen neuen Haarschnitt.«

Lukas freute sich sehr für Franklin. Er konnte ganz viele Dinge neu entdecken und hatte praktisch kein Lebensjahr verloren. Auf ihn wartete eine spannende Zeit.

»Und ihr seid also auch wieder da.« Der Professor wandte sich erstmals ihnen zu. »Die Königin erwähnte es bereits. Euer Geheimauftrag ist abgeschlossen.«

»Geheimauftrag?«, sagte Rani.

»Na, *der* Auftrag.« Lukas zwinkerte Rani zu.

»Welcher denn?« Der Menok hoppelte auf der Schulter näher an Lukas' Gesicht heran, erwiderte seinen Blick und fragte: »Hast du was im Auge?«

»Ihr habt euch keinen guten Zeitpunkt ausgesucht«, sagte der Professor. »Wir rechnen mit weiteren Attacken des dunklen Magiers. Habt ihr das erste Feuer nicht gesehen?«

»Doch, vom Palast aus«, erwiderte Lukas. »Es war riesig.«

Sie gingen gemeinsam zwischen den Zelten hindurch zum Lagerfeuer. Das Holz knisterte, die Flammen zuckten wärmend in die Höhe.

»Wir vermuten, dass er den Weg zum Kristallsee erobern möchte«, erklärte Archibald von Thun. »Dann könnte er hinuntertauchen zu den Meerjanern. Angeblich besitzen sie magische Algen, aus denen ganz besondere Tränke gebraut werden können.« Er zuckte mit den Schultern. »Ich war noch nie dort, daher weiß ich nicht, ob es nur ein Gerücht ist.«

Die Königin hatte mit einem Mädchen im Schatten gesprochen und trat nun mit diesem ans Lagerfeuer.

Sie hatte bauschiges schwarzes Haar und ein offenes, herzliches Gesicht. Ihre Augen funkelten in einem inneren Feuer. Lukas konnte sich sofort vorstellen, dass sie lachend über die Felder streifte, Teeblätter zupfte und Tee braute.

»Ich bin Lirian«, stellte sie sich vor.

Ihre Stimme klang samtig. Lukas fühlte sich unweigerlich sicher und geborgen.

In diesem Augenblick begann der Angriff.

Schwarzes Feuer

Eine dunkle Wand schob sich auf die Teefelder zu.

»Er ist hier«, flüsterte Lirian.

Ein pfeifendes Geräusch erklang und Lukas benötigte einen Augenblick, um die Quelle des Geräuschs herauszufinden. Glitzernde Steine sausten durch die Luft. Überall raschelte es. Menoks brachten sich in Sicherheit, das ganze Feld wimmelte von ihnen. Auf dem Weg schossen sie die Steine ab.

Rani krallte sich an Lukas' Kragen und schüttelte daran. »Ich will auch eine Steinschleuder.«

»Besser nicht.« Er tippte dem Menok auf die Finger, der widerwillig losließ.

»Aber ich könnte helfen«, sagte Rani.

»Du trägst eine Brille, du kannst gar nicht zielen!«

»Was hat denn eine Brille mit dem Sehen zu tun? Die ist doch nur ein Schmuckstück. Mein Vater hat sie über Jahre gesammelt, er ist fasziniert davon. Das ist so eine Menschensache, oder? Ich schreibe ein Menschenbuch, deshalb setze ich sie immer dabei auf. Um die verwirrende Atmosphäre von euch …«

»Er steht am Rande des Feldes!«, rief Ella und unterbrach damit Ranis Ausführungen.

»Der Elfenstaub wird ihn aufhalten«, schaltete sich Königin Felinde ein. »Die Säcke der Teepflanzen sind voll davon. Sie neutralisieren das schwarze Feuer.«

Der Professor holte hastig ein Lederband mit einem Stein daran aus seiner Umhängetasche. Ohne ein Wort zog er Franklin das Halsband über. »Ein Schutzstein, nur für alle Fälle.«

»Wie mir scheint, hätte ich doch noch ein wenig schlafen sollen«, sagte der Assistent. »Wer ist dieser Kerl überhaupt?«

Lirian eilte davon, um die Teekinder zu warnen. Sie mussten sich weiter zurückziehen, um vor dem dunklen Magier sicher zu sein.

»Das wissen wir bis heute nicht«, erklärte die Königin. »Er benutzt seine Magie, um den Flüsterwald zu durchkämmen. Dort verbrennt er Bäume, errichtet geheime Orte mit bösen Artefakten. Mittlerweile ist er so stark, dass wir ihn nur noch verlangsamen können.«

»Aber unser Elfenstaub kann ihn doch aufhalten.« Felicitas deutete auf die fast zum Stillstand gekommenen Flammen.

»Wir haben kaum noch welchen übrig«, sagte die Königin bedrückt.

Überall raschelte es, als immer mehr Menoks vorbeihuschten. Die Teekinder kamen aus den Zelten und rannten ebenfalls davon, vermutlich zum nächsten Rückzugsort. Wo der auch sein mochte.

»Ich helfe Lirian mit ein wenig Magie, damit es schneller geht.« Die Königin flog fort.

Ratlos sahen sich die Freunde an.

»Professor«, wandte sich Lukas ihm zu. »Wir brauchen Ihre Hilfe.« Er zog die Uhr hervor. »Wir haben hier ein Problem mit dieser Taschenuhr. Etwas daran scheint kaputtgegangen zu sein.«

»Ist das wirklich der richtige Augenblick …?« Er nahm die Uhr entgegen. »Seltsam. Sie ist menschlich, aber diese Prägung auf der Außenseite ist ungewöhnlich.« Er strich mit dem Finger darüber. »Sie vibriert, als sei sie aktiv. Gibt es eine Bindung zu einer Quelle?«

»Nun …«

Rani beugte sich weit vor. »Sie ist mit einer Standuhr verbunden, die …«

»Auf jeden Fall ist sie kaputt«, platzte Ella dazwischen. »Und es wäre wirklich wichtig, dass sie repariert wird.«

Der Professor schüttelte das Artefakt sanft. »Ich kann einen Blick darauf werfen, aber nicht jetzt. Bestimmt hat sich eine Schraube gelöst oder ein Zahnrad.«

Was jeden Gedanken an eine Flucht durch das Portal der Zeit zunichtemachte. In der Ferne flogen ein paar letzte Elfenstaub-Steine in Richtung der schwarzen Flammenwand, dann zogen sich auch die verbliebenen Menoks zurück. Die Zelte waren leer, doch im Hintergrund wuselten noch immer Teekinder herum.

»Die sollten sich wirklich beeilen«, sagte Ella.

Der Professor rannte schon mit Franklin davon. Er schien sich Sorgen um seinen Assistenten zu machen, was Lukas gut verstehen konnte. Immerhin war dieser gerade erst wieder aufgewacht.

Damit blieben Ella, Felicitas, Rani und Punchy alleine zurück. In der Nähe des Feuers fühlte Lukas sich sicher, obgleich die dunkle Wand in Sichtweite emporragte.

»Was sollen wir denn jetzt tun?«, fragte Ella. »Solange die Uhr nicht repariert ist, kommen wir hier nicht weg.«

Es wurde immer gefährlicher. Sie saßen mitten in den dunklen Jahren fest und durften nichts über den weiteren Verlauf der Geschichte verraten.

»Bleiben wir einfach in der Nähe des Professors«, schlug Lukas vor. »Er kann die Taschenuhr reparieren, sobald es etwas ruhiger ist.«

Ärgerlich blickte er auf die Taschenuhr. Wieso bekam das verdammte Ding auch ausgerechnet jetzt einen Wackelkontakt? Er würde dem Professor in der Zukunft dazu ordentlich die Meinung sagen, jawohl. Wenn man einen Menok mit auf Zeitreise schickte, musste die Uhr dreifach abgesichert sein. Sicherheitshalber tastete Lukas noch einmal in seine Hosentasche, in der das Fläschchen mit dem Blut steckte. Wenigstens diese Aufgabe hatten sie erfolgreich gemeistert.

»Da!« Felicitas blickte kreidebleich zur Feuerwand.

Dort ballte sich die Schwärze, nahm Konturen an und ein Mann trat daraus hervor. Er trug einen langen Mantel. Das Gesicht war unter einer Kapuze verborgen.

»Er ist da«, sagte Ella.

Sie blieb ruhig, auch wenn ihre geweiteten Augen die Furcht widerspiegelten.

Mittlerweile war der Professor nur noch in der Ferne zu sehen, er hatte Franklin bei sich. Die Königin war irgendwo mit Lirian unterwegs, die Menoks aus dem Feld verschwunden. Lukas realisierte, dass sie damit die erste Front bildeten und vor dem Feuer obendrein hervorragend zu erkennen waren.

»Vielleicht sollten wir besser abhauen«, sagte Ella, die die gleichen Gedanken hatte.

»Der Elfenstaub hält ihn auf«, war Felicitas überzeugt, »wir brauchen keine Angst zu haben.« Dass sie dabei an ihrer Unterlippe knabberte, einen Looping drehte und vor Aufregung vibrierte, verriet ihre wahren Gefühle.

Lukas konnte die dunkle Magie spüren, die von den Flammen ausging. Sie bildeten eine wabernde Wand, die sich langsam weiter voranschob. Der Elfenstaub besaß durchaus noch Wirkung, doch dort, wo das Feuer auf die Säckchen traf, explodierten diese mit einem *Puff*. Der silbrige Staub flirrte davon und verging.

Der dunkle Magier stand immer genau einen Schritt vor der Flammenwand. Obwohl sie sein Gesicht unter der Kapuze nicht erkennen konnten, fühlte Lukas dessen Blick auf sich ruhen. Er wurde gemustert, eingeschätzt, als Feind erkannt.

Die Uhr in seiner Tasche schien zu glühen. Doch nicht nur diese. Er kam sich vor wie eine Glasskulptur. Vollständig sichtbar. Es gab keine Geheimnisse, nichts Verborgenes mehr.

»Lukas, alles in Ordnung?«, fragte Ella besorgt.

Felicitas schwebte für einen Augenblick völlig still. Rani blinzelte nur. Punchys Fell sträubte sich.

Die Welt schien den Atem anzuhalten, die Flammen des Lagerfeuers in Zeitlupe zu lodern. Holz knackte. Der Wind fuhr Lukas durchs Haar und das Mondlicht entriss die nahende Gefahr der Dunkelheit. Er fühlte sich eins mit dem Flüsterwald.

Dann streckte der dunkle Magier die Hand aus. Ruckartig wurde Lukas nach vorne gerissen und raste auf ihren Gegner zu.

Die Inschrift

Lukas flog durch die Luft.

Normalerweise hätte er es genossen. Eine Brise Flugpulver und dann über die Teefelder hinweg, die im Mondlicht so wunderschön aussahen.

Leider sauste er stattdessen auf die ausgestreckte Hand des dunklen Magiers zu. Die Nachtluft ließ sein Haar flattern. Ein weiterer Ruck, dann hing er direkt vor ihm. Die Finger des Unbekannten steckten in schwarzen Lederhandschuhen. Auch aus dieser Nähe war das Gesicht unter der Kapuze nicht auszumachen.

»Wer bist du?«, wisperte es.

Die Stimme hatte sich verändert, war tiefer und rauchiger als bei dem Zusammentreffen vor über zehn Jahren. Da

Lukas damals auf dem Dach gewesen war, hatte der dunkle Magier ihn nicht gesehen und konnte ihn nicht wiedererkennen.

»Wer bist du?«, drang es erneut unter der Maske hervor.

Dieses Mal bewegte der dunkle Magier seine Finger. In Lukas loderte das Bedürfnis auf, ihm die Wahrheit zu sagen. Ihm überhaupt alles anzuvertrauen. Doch er wehrte sich.

»Du bist ein tapferer Junge, aber Widerstand ist völlig sinnlos.« Der Mann deutete hinter sich. »Diese Flammen werden das gesamte Feld verzehren, die Magie darin tilgen. Nichts bleibt übrig. Ihr könnt mich nicht aufhalten. Ich werde immer weitermachen, bis ich mein Ziel erreicht habe.«

Der Schock grub sich tief in Lukas' Geist. Wenn der dunkle Magier tatsächlich so stark war und der Elfenstaub zur Neige ging, wie konnten die Flüsterwäldler ihn dann überhaupt noch aufhalten? Hatte ihre Anwesenheit vielleicht bereits etwas verändert?

»Ja, ich sehe in deinen Augen, dass du begreifst. Sag deinen Namen!«

Dieses Mal wurde der Drang zu groß. »Lukas Lamprecht.«

»Ich wusste es. Du bist ein Mensch. Die Ohren, die Aura, alles eine nette Tarnung, aber schon damals war da etwas, das ich spüren konnte. Da warst du auf dem Dach der Universität. Ich sehe es wie durch ein Fenster.« Er schüttelte langsam den Kopf. »Aber da ist mehr. Das Flüsterpulver, ja, aber es ist nicht das Einzige.«

Lukas wurde kalt. Nein, das durfte einfach nicht passieren! Während er in der Luft hing wie ein Insekt im Bernstein, von unsichtbaren Fesseln gehalten, streckte der dunkle Magier die andere Hand aus. Von magischen Kräften gezogen, schwebte das Fläschchen mit dem Blut in der Luft.

»Das gehört dem Professor«, kam es wie ein raschelnder Windhauch. »Du hast sein Blut. Diese Geschichte hat Facetten, die ich noch nicht erkenne. Was hast du damit vor, Lukas Lamprecht?«

Wieder wurde der Drang zu sprechen überstark, doch der dunkle Magier war abgelenkt, was die Wucht ein wenig abschwächte.

Eine weitere Fingerbewegung, und die magische Taschenuhr schwebte in der Luft.

»Diese Magie ist uralt.« Er griff nach der Uhr und betrachtete sie in seiner behandschuhten Hand. »Wie passend, sie in einer Taschenuhr zu verankern.«

Es klickte, als er auf den kleinen Knopf an der Aufzugskrone drückte. Der Deckel sprang auf und gab den Blick auf das Ziffernblatt frei.

»Sie ist verbunden mit einer Quelle«, flüsterte der dunkle Magier. »Einer, die ich nicht erreichen kann. Diese Art der Magie führt nur zurück, niemals nach vorne. Du kommst aus dem, was für mich das Morgen ist. Und das kann nur eines bedeuten …«

Eine Stichflamme schoss von der Uhr empor.

Der dunkle Magier zuckte zusammen, Lukas wackelte in der Luft. Er konnte die Verwirrung spüren, die seinen Gegner umgab. Nicht dass es ihm da anders ergangen wäre. Im Deckel der Taschenuhr tanzten farbige Flammen. Eine Inschrift wurde sichtbar. Geschwungene Lettern, die nacheinander Worte und schließlich winzige Sätze bildeten. Er hatte immer gedacht, dass der Professor die Uhr vollständig selbst angefertigt hatte. Doch wie es schien, war gerade etwas anderes, Uraltes aktiv geworden.

Aus seiner Position heraus konnte Lukas nicht sehen, was dort geschrieben stand.

Der dunkle Magier allerdings durchaus. »Ich verstehe.« Er nickte langsam. »Nun ergibt alles einen Sinn. Der Weg mag verschlungen sein, aber mein Ziel erreiche ich trotzdem.«

Die Flammen tanzten ein letztes Mal, dann erloschen sie. Die Schrift begann zu verblassen.

Der dunkle Magier klappte die Uhr wieder zu.

»Ein Rätsel umgibt dich, doch ich beginne zu verstehen.«

Der Magier steckte seine linke Hand in die Hosentasche. Im nächsten Augenblick klatschte eine Masse aus nassen Teeblättern mit einem *Pfatsch* in sein Gesicht. Die Wucht war so groß, dass er nach hinten umkippte.

Der Zauber endete abrupt. Lukas purzelte zu Boden.

»Getroffen!«, erklang die freudige Stimme von Rani. »Habt ihr das gesehen! Direkt in die Kapuze. Diese Schleuder gebe ich nicht mehr her!«

Rani kam herbeigeflitzt und zog eine weitere Kugel aus seinem Fellbeutel. Er trug eine Steinschleuder, in die er die Teekugel nun einspannte.

Lukas kam taumelnd in die Höhe. »Das war knapp.«

Pfatsch!

Die zweite Teekugel knallte an seinen Hinterkopf und Lukas fiel prompt noch einmal um. »Aua.«

»Oh, tut mir leid«, rief Rani. »Wieso stehst du aber auch auf?«

Nun kam der dunkle Magier wieder in die Höhe. »Ich werde …«

Fauchend sprang Punchy aus der Dunkelheit. Ihre Katzenkrallen blitzten auf. Der dunkle Magier brüllte und ließ ein Feuer in seiner Hand entstehen. Punchy zeigte sich unbeeindruckt. Sie schlug erneut zu.

»Du bist eine Wächterin«, kam es wütend unter der Kapuze hervor.

Für eine Sekunde hätte Lukas schwören können, ein »Genau, und das ist für dich!« zu hören, bevor Punchy erneut zuschlug. Vermutlich war das der Wind oder das Knistern der Flammen.

Felicitas sauste wie ein Komet durch die Luft und ließ Elfenstaub wirbeln. Der dunkle Magier, der Punchy beiseitegeworfen hatte, verlor plötzlich das Gleichgewicht. Die Erde unter ihm bestand mit einem Mal aus Treibsand.

»Lukas!« Ella war neben ihm. Sie half ihm auf. »Weg hier!«

»Die Taschenuhr! Das Blut.«

Während er die Uhr an sich nahm, schnappte sich Ella das Fläschchen.

Der dunkle Magier legte die Hände auf den Boden. Ein Beben breitete sich aus, der Treibsand kehrte seine Wirkung um. Langsam stieg ihr Gegner wieder in die Höhe.

»Oh, schnell weg hier!«, rief Felicitas.

Rani schoss noch eine Teeblätterkugel, doch sie ging weit daneben. Blitzschnell schob er die Steinschleuder in seinen Fellsack und rannte los.

So schnell sie konnten, flitzten sie vor den schwarzen Flammen und ihrem Herrn davon. Der dunkle Magier dachte allerdings gar nicht daran aufzugeben. Der Wind wurde stetig stärker, ein Sog entstand. Nach der Hälfte der Strecke kamen sie kaum noch vorwärts. Rani konnte sich nicht mehr halten und wirbelte davon. Lukas fing ihn aus der Luft und schob ihn kurzerhand in seine Hoodie-Tasche.

Das Hinterteil des Menoks hing links heraus, der Kopf rechts. Der Rest steckte sicher zwischen dem dichten Stoff. Felicitas schlug angestrengt mit den Flügeln, doch auch sie kam kaum noch voran.

»Wir brauchen diesen Uhren-Blinzel-Zauber!«, rief Lukas.

Felicitas hatte ihn bisher nur einmal benutzt und war als Ergebnis an Weihnachten mitten in der Speisekammer gelandet. Das Zielen ging damit gar nicht gut. Doch es war die einzige Möglichkeit, dem Sog zu entkommen.

Sie rückten näher zusammen.

Der dunkle Magier schritt nicht länger gemächlich aus, er rannte. Immer näher kam er, die Hände ausgestreckt. Gleich würde er sie packen.

Felicitas ließ ihren Elfenstaub flirren.

Der Zauber packte sie und trug sie fort. Doch wohin?

Der Plan des Professors

Der Zauber trug sie exakt fünf Meter in die Luft. Über einen See.

Sie schrien auf, als es in die Tiefe ging. Das Wasser schlug über Lukas zusammen, er tauchte auf und hustete. Auch die anderen kamen wieder in die Höhe. Gemeinsam schwammen sie bis zum Rand des Teiches.

Rani sah aus wie ein nasser Hund. Er schüttelte sich. Ein Wunder, dass das Wasser nicht verkochte, denn der Menok stand einmal mehr kurz vor der Explosion. »Wieso katapultierst du uns denn direkt ins Wasser?!«

Felicitas wirkte einen Augenblick verlegen. »Eigentlich habe ich den Zauber an den Professor geknüpft. Er war nur ein bisschen wuchtiger als geplant.«

»Danke«, sagte Lukas schlicht. »Euch allen.«

Er ging in die Hocke und schenkte Punchy einen liebevollen Blick. »Du hast ihn direkt angegriffen und mich damit gerettet. Vielen Dank.«

Pedora Ulinde Naftet von Chibalka maunzte erfreut und blinzelte Lukas zu.

Dieses Mal war es wirklich knapp gewesen. Es glich einem Wunder, dass sie entkommen waren.

»Immer wieder gerne«, sagte Ella. »Aber so langsam habe ich genug von gefährlichen Fallen oder bösen Magiern.« Sie klopfte sich auf die Hosentasche und nickte aufatmend. Das Fläschchen mit dem Blut des Professors war also noch da.

Der See lag neben einem kleinen Berg und in der Ferne konnte Lukas Bäume sehen, unter deren Ästen gewaltige Gitterkugeln hingen.

»Die waren das Vorbild für meine Menschenfalle«, sagte Rani stolz.

»Toll«, sagte Lukas trocken.

Er erinnerte sich noch gut an die kleinere Version der Gitterholzkugel, in der er gefangen worden war. Damals hatte Rani daran geglaubt, dass Lukas ihm als Mensch drei Wünsche erfüllen konnte – vermutlich tat er das nach wie vor.

»Aber diese Käfige sind viel größer.« Ella ging langsam voran.

»Sonst würden die Teekinder ja auch nicht hineinpassen«, merkte Felicitas an. »Sie wohnen darin und es ist sehr gemütlich.«

Je näher sie den Bäumen kamen, desto mehr Holzgitterkugeln wurden sichtbar. Der gesamte Wald war voll davon. Manche besaßen die Größe eines kompletten Zimmers. Das Gitter war so engmaschig geflochten, dass man nicht ins Innere schauen konnte. Es gab runde Öffnungen von der Größe einer Tür und mehrere kleinere Fenster. Dazwischen flogen blaue Lichter, die wie Glühwürmchen aussahen.

Rani begann sofort, hin und her zu hoppeln, sein Spieltrieb schlug wieder zu. Es kostete ihn größte Überwindung, nicht einfach davonzuflitzen.

Schritte erklangen, Äste brachen. Vor ihnen tauchte der Professor auf. »Da seid ihr ja. Was ist geschehen?«

»Sind alle in Sicherheit?«, fragte Lukas.

»Ja, auch wenn es nicht jedem gut geht. Franklin ist wieder in eine Art Trance gefallen. Er hat nur noch seltsame Worte gebrabbelt. Wir wissen nicht, was mit ihm los ist.«

Er führte die Freunde zu einem Lagerfeuer. Um die Flammen herum saßen mehrere Teekinder, ein Topf köchelte auf dem Feuer. Die Königin schwebte in der Luft und neben ihr saß … Franklin.

»Wie ist das möglich?«, hauchte der Professor. »Eben warst du noch völlig weggetreten.«

Die Königin begrüßte sie alle mit einem freudigen Nicken. »Ich bin froh, dass ihr es ebenfalls geschafft habt.«

Lukas berichtete, was geschehen war. Lediglich die seltsame Schrift im Uhrendeckel erwähnte er nicht. Er klappte den Deckel der Taschenuhr noch einmal auf, doch dieser sah wieder so aus wie zuvor. Was hatte dort gestanden?

Der Professor war an etwas ganz anderem interessiert. »Wieso geht es Franklin wieder gut?«

»Ich bin eben unverwüstlich«, sagte dieser mit einem schiefen Lächeln. Die Unruhe war ihm anzusehen.

»Es ist ganz offensichtlich, dass es nur eine Sache gibt, die sich verändert hat«, sagte die Königin.

Der Professor dachte kurz nach, dann nickte er. »Unsere Besucher.« Er blickte die Freunde nacheinander an. »Als ihr aufgetaucht seid, ist Franklin aufgewacht. Nachdem ihr fort ward, versank er wieder in Trance.«

Verblüfft schaute Lukas zwischen dem Assistenten und Ellas Großvater hin und her. »Aber wir haben gar nichts getan. Außerdem kamen wir erst an, als Franklin schon bewusstlos in seinem Haus lag.«

»Wir würden niemals jemanden böse verzaubern.« Felicitas blickte mit großen Augen zu ihrer Mutter.

»Das meinte ich nicht«, sagte diese sanft. »Etwas ist an euch oder ihr besitzt etwas – ein Artefakt vielleicht –, das die dunkle Restmagie in Franklin aufhebt. Deshalb ist er erwacht, als ihr in den Palast gekommen seid.«

»Und sobald wir uns weiter von ihm entfernen, schläft er wieder ein?« Ella wirkte erschrocken. »Aber wie kann das sein?«

Unweigerlich schob Lukas die Hand in seine Hosentasche und berührte die Uhr. War es Zeitmagie, die Franklin schützte? Hoffentlich nicht. Sie konnten die Uhr schließlich nicht hierlassen.

Lirian kam zwischen den Bäumen hervor und trat in den wärmenden Kreis des Feuers. Es raschelte, als sie eine Handvoll Blätter in den Kessel gab. Ein rauchiger Kräuterduft breitete sich aus. Nach einer Minute schöpfte sie Tee in bereitstehende Becher und reichte diese weiter.

Lukas nippte an dem Tee und atmete innerlich auf. Allein der Geruch wirkte beruhigend, gleichzeitig sendete der Geschmack belebende Energie durch seinen Körper. Der Druck auf seiner Seele, der nach dem Kampf mit dem dunklen Magier zurückgeblieben war, wich. Er ließ seine Gedanken schweifen.

»Das schmeckt köstlich«, sagte Rani. »Habt ihr vielleicht zur Unterstützung ein wenig Schokolade?«

»Netter Versuch.« Lirian zwinkerte dem Menok zu.

Ein leichter Rotschimmer bildete sich auf Ranis Fell.

Für ein paar wunderbare Minuten schwiegen sie alle, nur das Knistern des Feuerholzes und das Wispern der Tiere im Unterholz waren zu hören.

»Es sieht nicht gut aus«, sagte die Königin schließlich. »Unser Elfenstaub ist fast aufgebraucht. Während der dunkle Magier stärker wird, verlieren wir immer mehr davon.« Sie atmete schwer ein und wieder aus. »Ich bin geneigt, Ihrer Idee zuzustimmen, Professor von Thun.«

Ellas Großvater nickte bedeutungsschwer. »Das dachte ich mir bereits.«

»Wir können nicht sagen, ob uns Hilfe gewährt wird«, gab die Königin zu bedenken. »Dieses Tor wurde in der gesamten Geschichte des Flüsterwaldes nur zweimal geöffnet. Selbst seine Lage gehört längst ins Reich der Legenden und das ist auch gut so.«

»Ich habe das Tor gefunden, doch öffnen könnt es nur Ihr, Eure Majestät. Lediglich königliches Blut aus einem der Flüstervölker vermag das Herz zu erwecken.«

Sie nickte und nahm einen letzten Schluck. »So sei es denn. Das Schicksal des Flüsterwaldes entscheidet sich heute Nacht. Und ich werde alles dafür geben, dass die Dunkelheit uns nicht verschlingt.«

Lukas warf einen Blick zu Felicitas.

Diese hing förmlich an den Lippen ihrer Mutter.

Sie wurden Zeuge der letzten Schlacht. Das Herz des Waldes sollte die Entscheidung herbeiführen.

Der Weg zum Herzen

Lukas verdächtigte die Blinzelbahn, einen gehörigen Spaß daran zu haben, ihn durchzuschütteln.

Es ging weit in den Süden. Hier stiegen sie über dichtes Geäst und Wurzelstränge. Dieser Teil des Waldes war spärlich besiedelt.

»Es hat mich viele Jahre gekostet, den Zugang zu finden«, erklärte der Professor. »Um Franklin zu helfen, wollte ich die Unterstützung des Herzens erbitten.«

Archibald von Thun hatte unermüdlich sowohl im Flüsterwald als auch in alten Legenden der Menschenwelt gesucht. Schließlich war er fündig geworden. Über Skizzen, rätselhafte Steinfiguren und gemalte Symbole an Höhlenwänden hatte er das Herz des Waldes gefunden. Lukas fragte sich unweigerlich, wie groß dieser Flüsterwald war. Er wusste längst, dass es mehr als einen gab. Ob alle gleich aussahen?

»Aber das Portal kann nicht von einem Menschen geöffnet werden«, sagte Archibald von Thun. »Dafür …«

»Schon klar«, warf Ella ein. »Königliches Blut.«

»Man unterbricht andere nicht beim Reden«, sagte der Professor grimmig.

»Lustig, das hat mein Großvater auch immer gesagt.«

»Ein schlauer Mann, dein Großvater.«

Ella grinste frech. »Nur manchmal.«

Sie sprangen über einen schmalen Bach, mussten einen Abhang hinaufklettern und von dort oben ging es wieder hinab in eine felsige Schlucht. Ohne Elfenmagie hätten sie für die Strecke Tage gebraucht, nicht Stunden.

Geröll kullerte herab, als Lukas schlitternd vor einem gewaltigen Portal zum Stehen kam. Zwischen zwei runden Säulen war eine Platte aus weißem Stein eingesetzt. Sie war über und über mit eingemeißelten Bäumen bedeckt, dazwischen tummelten sich Kreaturen des Flüsterwaldes.

Aus den Augenwinkeln beobachtete Lukas, wie Rani kleine Steine für seine Schleuder einsammelte und in seinem Fellbeutel verschwinden ließ.

Im Zentrum des Tores prangte ein Kreis aus Blattgold. An seiner Außenlinie gab es kleinere Kreise aus Silber. In jedem war ein Lebewesen des Flüsterwaldes abgebildet.

Ella gab Lukas mit dem Ellbogen einen Stoß. »Schau mal, der kleine Silberkreis da links.«

»Eindeutig die Umrisse eines Menschen.« Er nickte.

Was natürlich überhaupt keinen Sinn ergab. Die Menschen waren kein Volk des Flüsterwaldes.

»Vielleicht ein Wikinger oder so?«, überlegte Lukas laut. »Du weißt schon, vor langer Zeit.«

Ella zuckte nur die Schultern.

»Wir müssen uns beeilen«, sagte Königin Felinde von Siebenstern. »Ich kann spüren, dass der Kampf weit entfernt tobt. Die Völker bilden eine letzte Barriere, damit der dunkle Magier seine Macht nicht entfesseln kann. Doch wenn er sie überwindet, sind wir verloren.«

In dieser stillen Schlucht wirkte die Nacht völlig gewöhnlich. Der Mond leuchtete vom Himmel, der Wind pfiff, Sterne funkelten. Hätte Lukas dem dunklen Magier nicht vor wenigen Stunden Auge in Auge – oder eher: Auge in Kapuze – gegenübergestanden, alles wäre ihm ganz normal erschienen.

Königin Felinde flatterte vor den Blattgoldkreis und legte ihre Hände darauf. Das Portal begann von innen heraus zu leuchten. Die kleineren Silberkreise rollten nach unten und oben, bis sie eine Linie bildeten. Das Gold zerfloss.

Mit einem lauten Rumoren teilte sich die Platte aus weißem Stein in zwei Hälften. Dahinter kam tiefe Dunkelheit zum Vorschein. Ein Schwall Wind wehte hervor.

»Einladend«, sagte Lukas trocken.

»Fühlt ihr Menschen euch in so einer Höhle wohl?«, fragte Rani neugierig und legte die Ohren an.

»Nein, tun wir nicht.«

Der Menok kletterte an ihm in die Höhe und setzte sich auf den Rucksack. Mit dem Greifschwanz hielt er sich am Griff fest, platzierte sein Hinterteil mit zwei kurzen Wacklern und legte die Ärmchen auf Lukas' Kopf.

»Wehe, du ziehst mir wieder an den Haaren«, sagte Lukas.

»Keine Sorge«, versicherte Rani, »deine Haare reißen viel zu schnell aus. Und sie fühlen sich auch nicht sehr seidig an.«

Mittlerweile war die Königin in die Dunkelheit vorgedrungen. Über ihr schwebte eine leuchtende Sphäre, die alle Düsternis vertrieb. Der Professor und Franklin folgten ihr. Ella, Felicitas, Punchy, Rani und Lukas bildeten nacheinander die Schlusslichter.

Stufen führten hinter dem Eingang in die Tiefe. Es roch

nach Feuchtigkeit und Moos. Hier unten war schon ewig niemand mehr gewesen. Lukas achtete auf jede Stufe. Sie waren uneben, allzu leicht konnte man ausrutschen.

So ging es eine ganze Weile nach unten, bevor die Treppe plötzlich endete. Ein schmaler Gang führte tiefer in den Berg hinein. Die Wände wirkten unscheinbar, als seien sie natürlich in den Felsen gewachsen. Überall standen Wurzeln hervor, es gab unebene Stellen und Risse.

Dann wichen die Wände abrupt beiseite. Vor ihnen lag eine Brücke ohne Geländer, eher ein schmaler Steg. Rechts und links ging es steil in die Tiefe.

Königin Felinde glitt sanft zu Boden. »Hier kann keine Magie mehr angewendet werden.« Damit setzte sie den Fuß auf den Steg. Fliegen war nicht länger möglich.

Als Felicitas es ihr nachtat, hielt sich Punchy ganz nah, um ihren Schützling jederzeit vor einem Sturz bewahren zu können. Lukas konnte die Anspannung am Körper der Katze genau ausmachen.

»Das Ding ist ganz schön schmal«, sagte Ella, betrat den Steg aber trotzdem.

Rani ergriff Lukas' Ohren.

»Rani!«

»Ja?«

»Lass meine Ohren los.«

»Aber falls du nicht geradeaus läufst, kann ich dich lenken.« Testweise zog Rani am linken Ohr.

Lukas schrie auf und taumelte leicht nach links.

»Es funktioniert«, freute sich der Menok.

»Ich werfe dich gleich auf die andere Seite!«, rief Lukas.

»Traust du dir das zu?«, fragte Rani. »Ich glaube fast, es wäre sicherer. Dein Gleichgewichtssinn scheint mir nicht sehr ausgeprägt zu sein. Ständig wackelst du.«

»Das liegt daran, dass du nicht stillhältst!«

»Wenn du meinst.«

Lukas atmete noch einmal tief durch, dann ging er so entspannt wie möglich weiter.

Schritt für Schritt liefen sie hintereinander über den leicht gewölbten Steg. Lukas vermied es, einen Blick in die Tiefe zu werfen. Ranis kurz darauf einsetzendes Zittern ließ vermuten, dass der Menok nicht so klug gewesen war.

Sie erreichten die andere Seite jedoch ohne Zwischenfall.

Ein weiterer Gang schloss sich an.

Und dahinter …

»Wow«, sagte Lukas.

Das Licht der Königin stieg in die Höhe und vertrieb die Schatten. Hier funktionierte die Magie wieder. Das Elfenlicht erstrahlte …

… und offenbarte ihr Ziel.

Das Herz des Waldes

Die Steinpodeste glichen der Abbildung auf der Tür: eine große Platte in der Mitte, viele kleine ringsum. Über ihnen ragte eine schmucklose Kuppel empor, in der das Elfenlicht nun schwebte.

Rani blinzelte verdutzt. »Ich sehe nur Staub und Geröll, kein Herz.« Er hoppelte eine runde Stelle nach der anderen ab. »Oh, hier ist ein Menok abgebildet.«

Die Königin flog in das Zentrum, auf den goldenen Kreis zu. »Hier ist nichts. Keine Magie.«

Lukas spürte einen Kloß im Hals. »Was, wenn es nur eine Legende ist?«

Die Worte hallten in der einsetzenden Stille wider.

»Dann sind wir verloren«, sagte der Professor.

Franklin saß auf einem Felsbrocken und betrachtete das gesamte Gefüge.

Punchy sprang mit zielsicheren Sprüngen zu einem der Kreise und blieb darin sitzen.

»Es muss ein Rätsel sein«, überlegte Lukas. »So ist es in den Büchern doch immer.«

»Das hier ist aber kein Buch, es ist das echte Leben«, bemerkte Ella. »Wenn das Herz des Waldes hier wäre, dann müssten wir es doch sehen.«

»Das wäre aber schlecht, jeder Feind könnte dann einfach hier herunterspazieren, um es sich zu schnappen.«

»Du vergisst die Sache mit der königlichen Linie.« Ella verschränkte die Arme. »Nur so kann das Portal geöffnet werden.«

»Merkwürdig«, meldete sich Felicitas zu Wort. »Das alles wirkt auf mich so vertraut.«

Verwirrt blickte Lukas zu der Elfe, die vor ihm in der Luft schwebte. »Wie meinst du das? Warst du schon einmal hier?«

Sie schüttelte den Kopf. »Das ist es ja. Trotzdem fühlt es sich vertraut an.«

Die Königin drehte noch eine Runde, dann sank auch sie herab auf einen der Kreise. Im nächsten Augenblick schoss sie wieder in die Höhe. »Das hat wehgetan.«

Der Professor eilte zu ihr und studierte das Symbol in der Mitte. »Wenn ich das richtig deute, ist dies das Zeichen der Teekinder.«

Lukas kam ein böser Verdacht. »Was ist, wenn jeder Kreis für einen Vertreter der Völker des Flüsterwaldes steht …«

»… und sie alle besetzt sein müssen«, beendete Ella den Satz für ihn.

»Das wäre aber nicht gut«, sagte Rani. »Da fehlen uns nämlich ziemlich viele.«

Die Königin suchte den Kreis der Elfen und sank auf ihn herab. »Hier tut es nicht weh.«

Damit waren immerhin eine Elfe, ein Menok und eine Katze platziert. Trotzdem geschah nichts. Der Professor war zwischenzeitlich den gesamten Kreis abgegangen und hatte erneut die Stelle gefunden, auf der ein Mensch abgebildet war. Kurzerhand stellte er sich darauf.

»Aua!« Mit einem Satz sprang er zur Seite. »Jetzt weiß ich, was Ihr meintet, Eure Majestät. Aber ich bin doch ein Mensch, das verstehe ich nicht.«

Lukas und Ella rannten zu dem Kreis und betrachteten ihn genauer. Die Umrisse stellten definitiv einen Menschen dar, auch wenn die Linien zu verschwimmen schienen.

»Was sollen wir nur tun?« Felicitas flatterte traurig in die Mitte des großen Kreises.

Im gleichen Augenblick ertönte ein Donnergrollen. Der Boden begann zu vibrieren, einzelne Steine lösten sich. Wie ein Blitz sauste Felicitas wieder zu Lukas, Ella und dem Professor.

Stürzte der Berg etwa ein?

Gemeinsam wichen sie zurück.

Auch Rani und Punchy hielt es nicht länger. Sie waren mit wenigen Sätzen bei ihren Freunden. Einzig die Königin blieb, wo sie war. In der Mitte des großen Kreises war ein klares, reines Licht erschienen. Es schimmerte und glänzte, veränderte die Farbe in allen Schattierungen des Regenbogens.

»Ich habe lange geschlafen«, wisperte eine Stimme, so rein wie Seide.

»Mein Name ist Felinde von Siebenstern.« Die Königin klang stolz und demütig zugleich. »Und ich erbitte deine Hilfe. Du bist doch das Herz des Waldes?«

»So werde ich genannt in all den Legenden. Doch nie zuvor habe ich so etwas gespürt. Die Zeit ist in Aufruhr. Und hier sind zwei mal zwei vom gleichen Blut.«

Lukas atmete scharf ein. Das magische Herz hatte sofort erkannt, dass sowohl Felicitas und Felinde als auch der Professor und Ella miteinander verwandt waren.

Die Königin lächelte nur. »Ich trage ein Kind unter meinem Herzen. Das muss es sein, was du fühlst.« Sie überlegte. »Doch das ist jetzt ohne Belang. Der Flüsterwald ist in Gefahr.«

»*Und dennoch kann ich eigentlich nur gerufen werden, wenn alle Flüsterwäldler das gemeinsam tun. Denn ich lebe in jedem Blatt, jedem Baum und jedem Lebewesen dieses Ortes.*«

Was unweigerlich die Frage aufwarf, weshalb das Herz dann erschienen war. Ein Menok, eine Katze und eine Elfe waren kaum das gesamte Volk des Flüsterwaldes.

»Vielleicht zählt ein Menok ja mehr«, überlegte Rani laut.

»*Ich beginne zu verstehen*«, wisperte das Herz des Waldes.

Was für Lukas so gar nicht galt. Er verstand kein Wort. Andererseits war er durchaus bereit, mit der Suche nach Antworten zu warten, bis der Wald nicht mehr kurz vor der Zerstörung stand.

Felicitas schaute mit großen Augen zu ihrer Mutter. »Sie trägt mich unter dem Herzen.«

In diesem Augenblick existierte Felicitas zweimal. In Kürze würde sie geboren werden und als kleine Elfe herumsausen. Lukas musste bei dem Gedanken lächeln.

Franklin erhob sich langsam von seinem Stein und kam auf die Freunde zu. Auf halber Strecke blickte er zurück, stoppte. Verwirrt runzelte er die Stirn. »Ich verstehe das nicht.«

Der Professor eilte zu seinem Assistenten, packte diesen und zog ihn in Richtung Gang. »Was auch immer hier passiert, wir wollen doch nicht, dass du wieder in Schlaf verfällst.«

»Aber das ist es ja«, erklärte er. »Ich habe mich noch nie klarer gefühlt. Als würde das Herz das Gift vollständig unwirksam machen.«

Verwirrt blickte der Professor zu der leuchtenden Kugel. »Aber das Herz des Waldes ist erst jetzt erweckt worden, wie kannst du dann schon davor erwacht sein?«

Eine von vielen Fragen, die Lukas gerne beantwortet hätte.

»Ich spüre die Dunkelheit«, wisperte das Herz. *»Sie muss zurückgedrängt werden, mag es auch nicht von Dauer sein. Doch dafür ist mehr Macht notwendig, als ein Lebewesen in sich tragen kann. Deshalb werde ich stets von vielen geweckt und nie von wenigen.«*

»Aber dann sind wir verloren«, sagte die Königin. »Er rückt bereits vor und seine schwarzen Flammen verbrennen alles auf dem Weg.«

»Ich bin gewillt, Hilfe zu gewähren.« Das Herz wechselte von Gelb zu Orange. *»Doch bist du auch bereit, den Preis zu zahlen?«*

»Jeden«, sagte die Königin.

»Eine Zusage, die oft zu leicht gegeben wird. Der Preis betrifft nicht dich alleine. Auch deine Tochter wird ihn zahlen.«

»Meine T…« Felinde von Siebenstern legte ihre Handflächen auf ihren Bauch.

»Oh ja, ich sehe sie.«

Reflexartig blickte Lukas zu Felicitas, dann jedoch schnell wieder auf das Herz des Waldes. Die Königin konnte ja nicht ahnen, dass ihre Tochter tatsächlich bereits hier war.

»Was ist der Preis?«, hauchte Felinde von Siebenstern.

»Du allein kannst meine Macht nicht in dir tragen, also werde ich sie aufteilen«, kam die Antwort. *»Du wirst stark genug sein, den dunklen Magier zurückzuschlagen. Deine Magie wird stärker sein als jede andere im Flüsterwald. Gleiches gilt für die Kraft deiner Tochter. Sobald die Magie ihr eigen ist, kann sie nicht mehr bei dir bleiben. Kommt ihr euch zu nahe, werden eure Kräfte wie unbändiges Feuer alles zerstören.«*

In diesem Augenblick begriff Lukas den wahren Grund, warum Felicitas ins Internat geschickt worden war.

Der Preis der Macht

»Aber ich kann sie doch nicht einfach wegschicken«, flüsterte die Königin.

Wie gebannt starrte Felicitas auf das Herz des Waldes. Auch sie musste jetzt die Wahrheit begriffen haben.

»Um den Flüsterwald zu retten, gibt es keine andere Wahl. Du allein in diesem Raum besitzt die Stärke, meine Kraft in dir aufzunehmen. Ihr beiden werdet schöne Jahre zusammen haben, doch es kommt der Tag, an dem die Zauber zu stark werden. Ihre Kraft ungebändigt. Dann musst du sie fortschicken.«

Felicitas lief eine Träne über die Wange. Von Punchy kam ein liebevolles Maunzen. Mit ihrem Schwanz strich sie der Elfe eine Strähne aus der Stirn.

»Also du kannst jederzeit zu uns in den Bau ziehen«, sagte Rani und kam herbeigetrippelt. »Ich werde dir eine eigene Höhle graben und wir legen sie mit Stroh aus.«

Felicitas lächelte dankbar.

»Ich werde einen anderen Weg finden«, sagte die Königin. »Natürlich will ich den Flüsterwald schützen. Aber ich kann nicht meine eigene Tochter aufgeben. Es ist unmöglich.«

In diesem Augenblick stieß Felicitas sich von Punchys Rücken ab und flog näher an das Herz heran. »Du musst es tun.«

Verwirrt wandte sich die Königin ihr zu. »Es ist meine Tochter!«

»Ich weiß«, sagte Felicitas und eine weitere Träne rann über ihre Wange. »Und ich verzeihe dir. Mutter.«

Felinde von Siebenstern begriff kein Wort. Dann schlich sich das Verstehen langsam in ihre Züge. »Die Zeit ist in Aufruhr.« Ihre Stimme war nur ein Windhauch. »Du bist …«

»Ich bin Felicitas.«

»Meine Tochter. So schlau, so mutig, so wunderschön.« Die Königin streckte ihre Hand aus, zitterte. »Aber ich kann dich doch nicht alleine lassen.« Nun weinte auch sie.

»Ich bin nicht alleine. Dort vorne stehen meine Freunde.

Es sind die besten, die ich mir wünschen kann. Lukas, Ella, Rani und Pedora Ulinde Naftet von Chibalka.«

Die Königin ließ ihren Blick über sie alle wandern und für einen Augenblick auf Punchy ruhen. »Ich verstehe. Und du bist glücklich?«

»Das Internat ist … nett.«

Die Königin lachte auf und wischte ihre Tränen beiseite. »Es tut mir so leid.«

»Die Dunkelheit kommt näher«, wisperte das Herz des Waldes. *»Mein Erwachen wurde bemerkt.«*

»Ich will dir noch so viel sagen.« Felinde von Siebenstern berührte ihre Tochter sanft an der Wange. »Aber es ist so wenig Zeit. Du bist etwas ganz Besonderes und ich werde immer bei dir sein.«

Felicitas wich langsam zurück, jede Bewegung zögerlich, als müsse sie sich überwinden. »Du musst deine Pflicht tun. Sonst gibt es den Flüsterwald bald nicht mehr.« Jetzt flog sie schneller zurück.

»Ich übertrage nun meine Macht auf dich, Königin Felinde von Siebenstern. Und auf deine Tochter, Felicitas von Siebenstern, die ein Teil von dir ist. Ihr werdet mich in euch tragen.«

»Wir müssen hier weg«, sagte Lukas. »Bevor die Kraft übertragen ist.«

Sie rannten aus der Kammer heraus auf die Brücke zu. Lukas war der Letzte. Er wagte einen Blick zurück.

»Ich werde sie nie wiedersehen«, flüsterte die Königin, während farbige Magie sie umfing.

»Der Tag wird kommen, an dem du eine weitere Entscheidung treffen musst«, wisperte das Herz. *»Triffst du die richtige Wahl, wird sich alles ändern. Doch bis dahin werden viele Jahre vergehen.«*

Lukas rannte seinen Freunden hinterher. Sie hatten bereits das Ende des Steges erreicht. So schnell er konnte, folgte er ihnen. Felicitas war schweigsam wie die anderen auch. Mit einer Ausnahme.

»Deshalb ist Franklin aufgewacht«, sagte der Professor. »In Felicitas existiert das Herz des Waldes – ein Teil davon. Das hat den Zauber des Giftes aufgehoben.«

»Was passiert, wenn ihr wieder geht?«, fragte Franklin.

»Dann schläfst du wieder ein«, sagte Archibald von Thun. »Das Gift wird Jahre brauchen, um sich abzubauen.« Er schüttelte müde den Kopf.

»Was ist mit der Königin?«, fragte Franklin weiter, während sie die Treppen nach oben stiegen. »Wenn ich in ihrer Nähe bleibe …«

»Du bist ein Mensch«, sagte der Professor. »Das würde dich an den Elfenpalast ketten. Und ich wage zu behaupten, dass der Rat uns nach diesen dunklen Jahren nicht mehr gerne sieht. Dagegen kann auch Felinde von Siebenstern nichts tun. Oder irre ich mich?« Dabei warf Archibald von Thun Lukas einen fragenden Blick zu.

»Das stimmt. Es wird eine magische Barriere aufgebaut. Magische Bücher dürfen den Wald nicht mehr verlassen und …«

»Mehr musst du mir gar nicht erzählen«, sagte der Professor hastig. »Wenn ich zu viel weiß, könnte das meine Handlungen beeinflussen.«

Sie erreichten die Oberfläche.

»Felicitas«, sagte Lukas. »Es tut mir leid.«

Doch die Elfe strahlte über das ganze Gesicht. »Aber versteht ihr denn nicht, was das heißt?«

Rani blinzelte. »Dass deine Mutter dich ins Internat gesteckt hat und du nie wieder von dort wegkommst?«

Ella funkelte den Menok wütend an, der daraufhin seine Ohren herunterklappte.

»Sie hat gefragt«, sagte Rani kleinlaut.

»Dass meine Eltern mich gar nicht wegschicken *wollten*«, gab Felicitas die Antwort und drehte einen Looping. »Sie mussten es tun, weil das Herz des Waldes … oh, das ist ja in mir … Deshalb gehen die Zauber auch manchmal so wuchtig von der Hand. Das erklärt so vieles.«

Die Antworten hatten Felicitas' Traurigkeit vertrieben wie eine frische Brise.

»Wir müssen schnell weg«, mahnte Ella. »Der dunkle Magier ist hierher unterwegs.«

Lukas zuckte zusammen. »Professor, die Taschenuhr – können Sie die reparieren?«

»Ach herrje, mit dem Ding seid ihr also hierhergereist?«, fragte er. »Wer die auch gebaut hat, war nicht sonderlich begabt. Viel zu zerbrechlich.«

»Äh«, sagte Lukas.

»Ja, total schrecklich«, sprang Ella ein. »Aber können Sie sie reparieren? In Ihrer Gürteltasche steckt doch allerlei Werkzeug.«

»Woher weißt du das?«

»Vermutung.«

In diesem Augenblick dankte Lukas im Stillen der Theater-AG für die Kunst des Improvisierens, die Ella dort gelernt hatte.

»Ich habe zwar kein Werkzeug für Uhren bei mir – dafür bräuchte es spezielle Schraubenzieher für Feinmechanik –, aber mit ein wenig magischer Hilfe bekommen wir das hin.« Er nahm die Taschenuhr entgegen.

»Vielleicht erledigen wir das nicht direkt vor dem Eingang«, sagte Lukas.

Felicitas nickte eifrig. »Ich kann die Magie des Herzens auch hier noch spüren.«

Sie stiegen die Schlucht hinauf und eilten von dort weiter den Weg am Berg entlang. Ein gewundener Pfad führte auf eine Anhöhe. Das Eingangsportal war jetzt gerade noch in Sichtweite.

»Was ist das?!«, rief Lukas.

In der Ferne erschien ein schwarz glühender Punkt in der Luft, der rasch größer wurde. Er landete am Eingang der Schlucht. Felicitas warf Elfenstaub und die Luft begann zu wabern.

Jetzt konnten sie ganz genau sehen, was geschah, als stünden sie direkt daneben.

Der dunkle Magier war gekommen.

Felicitas' Mutter kam aus dem Tor.

Schwarzes Feuer loderte auf und der Berg erzitterte. Der Professor wurde von den Beinen gefegt, die Taschenuhr fiel ihm aus der Hand und verschwand zwischen den Wurzeln eines gewaltigen Baumes.

Der dunkle Magier stürzte sich auf die Königin.

Elfenlicht und Schattenflammen

»Die Uhr!«

Lukas starrte der davonkullernden Taschenuhr nach. Das Mondlicht spiegelte sich im Metall, wodurch das Artefakt wie ein lustiges springendes Licht aussah. Ranis Kopf ruckte herum.

»Oh nein«, sagte Ella noch.

Schon sauste der Menok hinterher. Sein Spieltrieb schlug voll durch.

Bevor Lukas etwas sagen konnte, vibrierte die Erde erneut. Der dunkle Magier hob seine Arme, in seinen Handflächen loderten schwarze Flammen. Königin Felinde sah aus wie ein glitzernder Stern. Ein Funke in einem Meer aus Dunkelheit.

»Hinterher!« Ella rannte Rani und der Uhr nach, der Professor schloss sich ihnen an.

Felicitas schwebte weiter auf der Stelle und beobachtete den Kampf, Punchy saß neben ihr.

»Es ist alles ganz falsch«, hauchte die Elfe.

»Was meinst du?«

»Wir haben gelernt, dass alle Völker sich vereinigt haben, um dem dunklen Magier entgegenzutreten«, erklärte sie. »Und trotzdem weiß niemand, wo sich das Herz des Waldes sich befindet, richtig?«

Punchy maunzte zustimmend und nickte.

»*Deshalb* weiß niemand, wo es ist«, sagte Lukas und deutete in Richtung der Königin. »Sie waren gar nicht dabei. Deine Mutter muss das mit dem Rat abgesprochen haben. Würde die Wahrheit bekannt, dass sie das Herz des Waldes in sich trägt, was würde das bedeuten?«

»Alle hätten Angst«, erwiderte Felicitas. »Und dann hätte sie auch von mir erzählen müssen. Der Rat … Ich weiß nicht, was sie getan hätten.«

Schweigend blickte sie in die Ferne. Sie wurden Zeugen des letzten Kampfes, ausgefochten von einer mutigen Königin. Die Schwärze des Magiers wurde zu einer verzehrenden Welle, die dem Licht entgegenschlug.

Für eine Sekunde schien die Welt den Atem anzuhalten.

Silberne Magie, winzig klein, stemmte sich gegen die Macht der Dunkelheit. Aus einem Funken wurde ein Feuer, aus einem Feuer eine Sonne. Der Atem des Herzens stellte sich dem Gift des Feindes.

Dann riss Felicitas die Augen auf. Lichtfunken entstanden um sie herum in der Luft. Sie tanzten, flirrten, wurden zu einem Nebel.

Die Kraft des Herzens wurde immer stärker.

»Wir sind noch zu nah dran.« Lukas sah sich hektisch um. »Rani! Ella! Professor!«

Punchy maunzte. Mit zwei schnellen Sätzen flitzte sie ins Unterholz.

Lukas warf einen letzten Blick auf die Kämpfenden. Die schwarzen Flammen wurden kleiner, fielen in sich zusammen. Der Nebel vor der Kapuze des dunklen Magiers zog sich zurück. Einzelne Schatten schwebten davon, er taumelte.

Gebannt starrte Lukas auf die Szene. Wer verbarg sich hinter dem schützenden Nebel?

Felicitas stöhnte auf und das Elfenstaubbild erzitterte. Es wurde immer kleiner. Schon war das Gesicht des Magiers nur noch ein verschwommener farbiger Fleck in der Ferne. Das Fenster schloss sich.

Lukas hätte zu gerne gewusst, wer der dunkle Magier gewesen war. Doch Felicitas' Gesichtsausdruck machte deutlich, dass es Wichtigeres zu tun gab. Die Elfe konnte die Magie kaum noch in Schach halten.

Zu dritt rannten sie den anderen hinterher. Punchy mochte kein Hund sein, doch sie wusste eine Fährte aufzunehmen. Kraftvoll sprang sie voraus, Felicitas folgte wie eine Rakete mit Funkenschweif dichtauf.

In der Ferne standen der Professor, Franklin und Ella unter einem Baum. Auf einem Ast saß Rani. Aufgeregt spielte er mit der Taschenuhr und nahm nichts mehr um sich herum wahr.

»Manchmal möchte ich ihn schütteln«, sagte Lukas. »Wie bekommen wir ihn dort herunter?«

Ohne abzuwarten, sprang Punchy den Baum hinauf, schlich über den Ast und setzte sich neben Rani. Blitzschnell schossen ihre Tatzen vor, griffen nach der Uhr und sie kam wieder heruntergeklettert.

»Hey!«, rief der Menok, nur um sich kurz darauf verblüfft umzusehen. »Wie komme ich auf den Baum?«

Punchy war bereits wieder am Boden. Sie reichte dem Professor die Uhr. Dieser betrachtete sie eingehend, schüttelte sie erneut und wandte sich dann Felicitas zu. »Wärst du so nett, das Gehäuse zu öffnen? Aber ganz sanft. Die Mechanik darf nicht noch mehr beschädigt werden.«

Felicitas nickte verkrampft. Sie ließ einen winzigen Funken herüberschweben, worauf die Rückseite der Uhr ruckartig aufsprang.

»Ah, es ist ganz einfach. Eines der Zahnräder hat sich gelöst.« Er öffnete seine Gürteltasche und nahm einen Schraubenzieher heraus. »Kannst du den schrumpfen lassen?«

Wieder nickte Felicitas.

Das Ergebnis war ein Schraubenzieher von der Größe eines Zahnstochers. Mit der Spitze bearbeitete Ellas Großvater etwas in der Uhr. »Das war's.« Er klappte sie zu. »Von wann auch immer ihr kommt, damit könnt ihr nach Hause reisen.«

»Danke!« Lukas nahm die Taschenuhr mit einem Lächeln an sich. »Wir dürfen keine Zeit verlieren.«

»Sagen Sie meiner Mutter, dass ich sie lieb habe«, hauchte Felicitas.

»Das werde ich. Versprochen.«

»Okay, konzentriert euch alle auf die Gegenwart.« Dabei warf Lukas besonders Rani einen scharfen Blick zu.

»Selbstverständlich«, sagte dieser. »Wir Menoks sind Meister der Konzentration.«

Lukas betätigte den Knopf der Uhr. Sofort stellten sich die Jahreszahlen neu ein, das Zeitportal begann zu wabern. Etwas wehte und zerrte an ihnen.

»Danke, Professor!«, rief Lukas.

Ellas Großvater ging mit einem freundlichen Nicken ein paar Schritte zurück. »Gern geschehen. Franklin, Vorsicht, sonst …«

Der Wind wehte Archibald von Thun die Worte von den Lippen.

Punchy, Rani, Lukas, Ella und Felicitas näherten sich dem Portal.

Ebenso wie Franklin!

Der Assistent des Professors schien nicht vorzuhaben zurückzubleiben.

»Ich will nicht wieder einschlafen«, sagte er leichthin. »Und bestimmt ist es in der Zukunft sehr spannend.«

Entsetzt riss Lukas die Augen auf. »Aber das geht nicht!«

Doch es war zu spät.

Gemeinsam tauchten sie ein in das wabernde Violett des magischen Portals. Es trug sie davon und er konnte spüren, dass sie ihrer Zeit wieder näher kamen. Wie durch einen verschwommenen Wasserfall sah er, dass die Umgebung sich rasend schnell veränderte.

Trotzdem ging es nicht so zügig voran wie bei ihrer Reise in die Vergangenheit. Sie trieben dahin wie durch Wackelpudding. Als seien sie zu schwer oder die Zeit wehrte sich.

Ihm kamen die Worte des Professors wieder in Erinnerung, die er vor der Abreise gesagt hatte. Sie mussten bei der Rückreise genau so viele sein wie beim Aufbruch. Doch jetzt waren sie einer mehr.

Franklin hielt mit der Hand seinen Schutzstein umklammert. Etwas regte sich tief in Lukas. Ein Gedanke, der ihm jedoch sofort entwischte, wie ein glitschiges Stück Seife.

Sie waren fast wieder zu Hause, es fehlten nur noch ein paar Jahre, Monate, dann lediglich Wochen.

Doch der Zeittunnel schüttelte sich, vibrierte, wollte sie auswerfen.

»Es ist zu früh!«, rief Ella verzweifelt.

Wieder eine Vibration. Franklin stolperte. Lukas wollte ihn noch festhalten, doch *Schwups* fiel er aus der Blase.

»Franklin!« Felicitas starrte entsetzt auf die Stelle, an der der Assistent des Professors soeben noch gestanden hatte. »Wo ist er?«

»In Winterstein«, sagte Lukas leise.

Endlich erinnerte er sich.

Das Portal öffnete sich und die Freunde purzelten in das Baumgefängnis.

Ein Schluck Freiheit

»Ihr seid zurück!« Der Professor eilte zu ihnen und half Ella auf. »Geht es euch gut?«

Lukas hatte sich leicht den Kopf angeschlagen, doch er kam wieder in die Höhe. Seine Gedanken waren bei Franklin, den er an seinem ersten Tag in Winterstein bereits gesehen hatte. Auf dem Markt war Lukas mit einem verwirrt wirkenden Mann zusammengestoßen, der sich an einem Schutzstein festgehalten hatte. Dabei war die ganze Milch verschüttet worden. Der Assistent des Professors musste ein paar Wochen früher gelandet sein und weil Felicitas zwar in der Nähe war, aber zu weit entfernt, war er bei Bewusstsein, doch gleichzeitig verwirrt. Sie mussten ihn gleich am nächsten Morgen suchen gehen.

»Geht es dir wieder gut, Felicitas?«, fragte Lukas die Elfe.

Sie nickte und flog ein wenig zittrig in die Höhe. »Ich ruhe mich nur kurz aus.«

Punchy maunzte und strich ihr mit dem Schwanz über die Flügel.

Beim Aufprall war Lukas die Taschenuhr aus der Hand geglitten, sie lag in Reichweite auf dem Boden. Mittlerweile hatte Rani sie entdeckt und spielte schon wieder damit herum.

»Hat es geklappt?«, fragte der Professor gespannt.

»Das hat es«, bestätigte Ella und reichte ihm das Fläschchen mit seinem eigenen Blut darin. »Es sind nur ein paar Tropfen.«

»Genug, damit dieser Zauber endlich erlöscht«, sagte der Professor gerührt. »Es war eine wirklich gute Falle. Das hätte ich alleine niemals geschafft.«

Er entkorkte das kleine Fläschchen.

»Wie ist es damals weitergegangen, nachdem wir wieder in das Portal gesprungen sind?« Ella grinste.

Mit einer schnellen Bewegung kippte der Professor die Tropfen in seinen Mund. Er schluckte. »Die Königin hat den dunklen Magier besiegt, einen Vergessenszauber gesprochen und die Hilfe des Rates gesucht. Aber lass uns das später besprechen. Zuerst möchte ich den freien Himmel sehen.«

Gemeinsam mit Ella stieg der Professor die Treppe hinauf.

»Wir kommen gleich nach«, sagte Lukas.

Ihm war noch ein wenig schwindelig und auch Felicitas wirkte angeschlagen. Rani spielte weiter eifrig mit der Taschenuhr.

»Jetzt lass doch mal die Uhr«, bat Lukas.

»Aber sie glänzt so schön.«

»Bestimmt warst du in einem früheren Leben einmal eine Elster.«

»Haben die seidiges Gefieder?«

Lukas lachte auf. »Gib schon her.« Widerwillig ließ Rani das glänzende Ding los.

Im gleichen Augenblick maunzte Punchy, ihre Ohren stellten sich auf. Vorsichtig tapste sie in den Raum, weg von der Standuhr.

»Was ist los?« Felicitas flog ihrer Aufpasserin hinterher. »Oh, ich höre auch etwas.«

Lukas war ganz auf die Uhr konzentriert. Er tippte auf den Knopf und der Uhrendeckel sprang auf. Verblüfft starrte er auf den Deckel. Die Schrift war wieder erschienen.

Das Herz des Waldes wird dich schlagen.
Es ist bereits geschehen.
Der Junge muss zurückkehren.
Nur so kann ich den Plan vollenden.
Ich bin du.

Verwirrt blickte Lukas auf die eingebrannte Schrift, die dem dunklen Magier erschienen war. Jetzt war sie auch für ihn sichtbar, wie von einem Lötkolben in das Metall gebrannt.

»Deshalb sind wir entkommen«, murmelte er.

Es war kein Glück gewesen, nicht ihre Schnelligkeit. Der Text in der Uhr hatte etwas damit zu tun. Doch weshalb? Das alles ergab keinen Sinn.

»Hörst du das auch, Lukas?« Felicitas schwebte über einer Stelle am Boden. »Das kommt genau von hier. Unter den Dielen. Da ist etwas.«

Noch immer den Blick auf die Uhr gerichtet, kam Lukas näher.

Rani legte sein Ohr auf das Holz. »Vielleicht sind wir zu oft darüber gelaufen und jetzt stöhnt das Holz vor Schmerzen.« Er streichelte mit seinem Greifschwanz die Diele. »Das tut uns sehr leid, liebes Holz.«

»Klingt eher wie ein Mensch.« Lukas schob die Taschenuhr wieder in seine Hosentasche. »Ist das irgendein magisches Holz, das Geräusche nachmacht?«

Punchy leckte darüber, überlegte kurz und schüttelte den Kopf.

Rani klopfte auf den Boden. »Ist da wer?«

Die Antwort war ein dumpfes Stöhnen.

Die Diele wackelte. Lukas rüttelte daran und stellte überrascht fest, dass sich die Bretter lösen ließen. Nicht nur eines, mehrere. Darunter kam ein Mensch zum Vorschein. Er war bedeckt von silbernem Sand.

»Silberglanz«, hauchte Felicitas. »Es ist zerflossen, weil der Zauber vollendet war.«

Rani stand völlig still, blinzelte nur verwirrt. »Ihr Menschen seht euch wirklich ähnlich. Ich meine nicht nur diese viel zu langen Arme und Beine, eure Schusseligkeit und das langsame Denken.« Er deutete mit dem Greifschwanz auf den Menschen. »Auch eure Gesichter. Man könnte fast meinen, da liegt der Professor.«

Eine Gänsehaut rann Lukas' Rücken herab. Rani hatte recht. Vor ihnen lag Ellas Großvater! Er blinzelte verschlafen, stieß dumpfe Stöhnlaute aus. In seinem Mund steckte ein Knebel, die Hände waren gefesselt.

»Es *ist* der Professor«, hauchte Felicitas.

»Das Herz des Waldes wird dich schlagen«, wiederholte

Lukas langsam den Text im Deckel der Taschenuhr. »*Es ist bereits geschehen. Der Junge muss zurückkehren. Nur so kann ich den Plan vollenden. Ich bin du.*« Entsetzt wich er zurück. »Der Professor war die ganze Zeit hier unten in Silberglanz gefangen. Der Baum war das Gefängnis des dunklen Magiers. Als falscher Professor hat er sich mit der Uhr selbst eine Nachricht in die Vergangenheit geschickt und wir haben ihm auch noch geholfen und das Blut gebracht!«

»Lukas!« Felicitas riss panisch die Augen auf. »Wenn das hier der echte Professor von Thun ist, dann ist das dort oben …« Ihre Stimme wurde zu einem Hauch. »Der dunkle Magier.«

»Ella!« Lukas rannte zur Treppe.

Tausend Fragen schossen ihm durch den Kopf. Doch was jetzt zählte, war nur eine Sache: Ella war mit dem dunklen Magier dort draußen.

Er erreichte das Erdgeschoss. Die Tür stand offen. Die beiden waren bereits hinausgegangen.

»Ella!« Lukas sprang vor die Tür.

»Alles in Ordnung?« Die Enkelin des Professors lehnte mit verschränkten Armen an dem Baumgefängnis.

Ihr »Großvater« stand einige Schritte entfernt und blickte hinauf zum Mond. Die Hände nach oben gestreckt. »Ich bin wieder frei.«

»Das ist nicht dein Großvater«, sagte Lukas hastig.

»Was? Natürlich ist er das.« Sie sog scharf die Luft zwischen den Zähnen ein. »Deine Beule ist ganz schön heftig, oder? Vielleicht legst du dich lieber etwas hin?«

In diesem Augenblick drehte sich der falsche Professor zu ihm um. »Lukas Lamprecht. Lange ist es her. Ich bin dir zu Dank verpflichtet.«

Sein Antlitz zerfloss.

Und vor ihnen stand der dunkle Magier, zurückgekehrt in die Freiheit.

Im Angesicht des Feindes

In der einen Sekunde stand der Professor vor ihnen, in der nächsten verhüllten Nebelschwaden und eine Kapuze das Gesicht.

»Das ist unmöglich!« Ella wich zurück.

»Dein Großvater war unter den Bodendielen eingesperrt«, erklärte Lukas.

Der dunkle Magier lachte auf. Die rauchig-kratzige Stimme klang wie eine rostige Säge, die sich daranmachte, die Bäume des Waldes zu zerteilen. Er stand inmitten der weiten Ebene, die das Baumgefängnis umgab. »Er war sauber aufbewahrt in Silberglanz. Schließlich konnte ich meine Gestalt nur in ihn verwandeln, wenn er in der Nähe war.«

»Du hast ihn hierhergelockt!«, rief Ella.

»Aber natürlich. Er besaß schließlich die Zeitsteine, mit denen ich die Uhr aktivieren wollte. Zuerst habe ich gehofft, dass ich selbst hindurchgehen kann, aber das erwies sich als Trugschluss. Dann erinnerte ich mich wieder an den Jungen namens Lukas Lamprecht, dem ich damals die Taschenuhr abgenommen hatte. Und das Fläschchen mit dem Blut. Da wusste ich, dass ihr die Reise antreten müsst. Und mir wurde klar, dass ihr mich automatisch finden würdet, schließlich hatte mein jüngeres Ich euch bereits kennengelernt.«

Flügelflattern erklang. Felicitas schoss herbei wie ein Komet und baute sich neben ihnen auf. »Du!«

»Ah, die Prinzessin der Elfen«, sagte der dunkle Magier höhnisch. »Damals mag es deiner Mutter gelungen sein, mich aufzuhalten. Aber wo sie das Herz des Waldes auch immer versteckt haben mag, ich finde es. Die Siegel werden brechen. Ich werde mich rächen.«

Punchy fauchte angriffslustig.

»Du magst stark sein, Bewahrerin der königlichen Linie, aber nicht so stark.« Er hob die linke Hand. »Überlege dir, ob du einen Angriff riskieren möchtest.«

Er hob auch die rechte Hand.

»Runter!«, rief Lukas.

Sie stoben in unterschiedlichen Richtungen auseinander, um einer möglichen Attacke zu entgehen.

Es gab ein kurzes Wabern, dann schwebte eine winzige Flamme in der Luft. Der Wind blies sie direkt wieder aus.

»Das ist jetzt irgendwie nicht das, was ich erwartet habe«, sagte Lukas. Er kam in die Höhe und klopfte sich den Schmutz von der Hose.

Der dunkle Magier brüllte wütend auf, das verborgene Gesicht dem Mond zugewandt. »Das habt ihr euch schlau ausgedacht«, rief er gen Himmel.

Ella kam zu Lukas herüber. »Geht es meinem Großvater gut?«

»Rani befreit ihn gerade«, schaltete sich Felicitas ein. »Ich konnte die Fesseln entmagisieren, aber dann wollte ich euch helfen.«

»Was ist mit ihm?« Lukas nickte in Richtung des dunklen Magiers.

»Seine Kraft ist … gedämpft.« Felicitas runzelte die Stirn. »Es fühlt sich an, als sei er unvollständig.«

Lukas betrachtete den dunklen Magier genau. Und da bemerkte er es. »Er hat keinen Schatten.«

In diesem Augenblick fuhr der Magier herum und starrte die Freunde hasserfüllt an. »Ich mag zu schwach sein, um dieses Gefängnis niederzubrennen, aber das bleibt nicht lange so. Schließlich habe ich den Gefängniszauber gebrochen, obwohl er scheinbar unmöglich zu lösen war. Dazu musste ich den Baum täuschen und die Gestalt eines anderen annehmen. Als ich den Professor gefangen hatte, nützte mir das zunächst noch nichts. Er trägt den Schutz des Siegelwahrers auf sich und war unangreifbar. Doch ich hatte Geduld. Seine junge Version vor dem Ende der dunklen Jahre war noch kein Siegelwahrer. Und ihr habt mir sein Blut dankenswerterweise beschafft. In Gestalt des Professors und mit seinem Blut hat mich der Baum einfach hinausspazieren lassen. Kaum war ich frei, habe ich den Zauber geändert. Dein Großvater sitzt jetzt dort für immer fest.«

»Das glaube ich dir nicht!«, rief Ella.

»Du wirst es sehen. Er kann nicht mehr hinaus, ist gefangen, wie ich es zuvor war.«

Lukas schluckte und nahm allen Mut zusammen. »Warum tust du das? Der Professor hat dir doch nichts getan? Ihm verdankst du das Flüsterpulver.«

»Er war mein Werkzeug, hat das Pulver angefertigt, weil ich es nicht konnte.«

»Du bist wütend, weil sie dich hier eingesperrt haben, aber das ist deine eigene Schuld!«, rief Ella.

»Ist es das?«, fragte der dunkle Magier. »Du hast gar

nichts begriffen, Kind. Ich wurde nicht *nach* den dunklen Jahren hier eingesperrt, sondern *davor.*«

Verwirrt erwiderte Lukas den Blick ihres Gegners – zumindest ging er davon aus, dass dieser ihn gerade anstarrte. Doch was er sagte, war einfach unmöglich. Sie hatten den dunklen Magier doch in Winterstein gesehen. Lange vor den dunklen Jahren. Wie konnte er dann zur gleichen Zeit hier eingesperrt gewesen sein?

»Das ist unmöglich«, flüsterte Lukas. »Ich habe dich gesehen. Du hast mich angegriffen.«

»Richtig und falsch zugleich«, erwiderte der Magier. »Aber ich verstehe, dass ihr das glaubt. Denn wie kann ein Mensch an zwei Orten zugleich sein?«

»Durch Magie«, sagte Felicitas. »Dir ist es gelungen, dich zu doppeln.«

Wieder erklang das höhnische, kratzige Lachen.

Doch bevor der dunkle Magier etwas sagen konnte, schüttelte Lukas den Kopf. »Du bist ein Schattenzwilling. Nicht wahr?«

Punchy maunzte auf, Felicitas sog scharf die Luft ein.

»Du bist schlauer, als es gut für dich ist, Lukas Lamprecht«, sagte der dunkle Magier. »Doch du hast recht. Frag den Professor. Er kennt zumindest einen Teil der Wahrheit. Ich werde nun gehen, aber seid versichert, wir werden uns bald wiedersehen. Und ich verspreche euch, dieses Mal wird Königin Felinde mich nicht zurücktreiben. Oder gefangen nehmen. Oder mein Gedächtnis löschen.«

Er lief mit schnellen Schritten über die Ebene davon.

»Wir können ihn doch nicht einfach gehen lassen!«, rief Ella. »Sonst sind wir daran schuld, wenn alles von vorne beginnt.«

Felicitas wartete nicht länger, sie sauste dem dunklen Magier hinterher. Punchy seufzte einmal kurz auf, dann nahm sie die Verfolgung auf.

Lukas rannte ebenfalls, Ella an seiner Seite.

»Er ist schwach, wir können ihn stoppen«, war Lukas überzeugt.

Doch die Enkelin des Professors schüttelte den Kopf. »Er will zum Waldrand. Dieses Gebiet hier ist kein Teil des Flüsterwaldes. Aber sobald er dort ist …«

»Du glaubst, er wird dann wieder stark?«

Sie ließ die Frage unbeantwortet.

Alle magischen Geschöpfe waren Teil des Waldes. In ihm lebten sie, atmeten sie, schöpften Kraft.

»Felicitas!«, brüllte Lukas. »Er darf den Wald nicht betreten.«

Der dunkle Magier rannte. Über die verbrannte Erde kam er dem Fluss näher. Dahinter lag der Wald. Dieser ganze Bereich war eine kreisrunde Fläche, die völlig ohne Magie war. Im Zentrum das Baumgefängnis.

Felicitas ließ Elfenstaub flirren. Die Erde brach auf und mit einem Aufschrei fiel der dunkle Magier zu Boden. Doch aus dem Stand heraus sprang er wieder in die Höhe, hechtete weiter. Mit einem Satz setzte er über den Fluss. Nur noch wenige Meter trennten ihn vom Wald.

Kurz blieb er stehen, hob erneut die rechte Hand. Dieses Mal bildete sich tatsächlich eine schwarze Flamme. Sie loderte deutlich höher auf, als es das kleine Flämmchen zuvor getan hatte. Mit einem lauten *Wusch* schoss sie heran.

Vor Lukas explodierte die Erde. Er wurde durch die Luft geschleudert und kam mit voller Wucht auf dem Boden auf. Er hörte Ella seinen Namen rufen. Felicitas ließ silbrigen Elfenstaub flirren, um mit einem letzten Versuch den dunklen Magier aufzuhalten.

Doch es war zu spät.

Mit einem Sprung verschwand er zwischen den Bäumen. Ein Rauchfaden schoss in die Höhe.

Er war fort.

Was damals wirklich geschah

Der Professor wirkte noch immer mitgenommen. Lukas reichte ihm eine Tasse Tee und er trank in kleinen Schlucken.

»Es ist so schön, dich zu sehen.« Er legte den Arm um Ella, die kurz zuckte, aber nicht zurückwich.

In ihren Augen blitzte die Wut darüber auf, hereingelegt worden zu sein. All die Anstrengung und Gefahr war umsonst gewesen. Im Gegenteil sogar: Sie hatten soeben den dunklen Magier befreit. Das würde die gesamte magische Welt des Flüsterwaldes in Aufruhr versetzen.

Während der Professor trank, berichteten die Freunde abwechselnd von ihrer Suche mit den magischen Karten, der Reise in die Vergangenheit und ihrer Rückkehr.

»Dieser Schuft hat mich perfekt hereingelegt«, sagte Archibald von Thun schließlich.

»Aber was hat das alles zu bedeuten?«, fragte Rani. »Er kann doch nicht schon vor den dunklen Jahren eingesperrt gewesen sein.« Er kratzte sich am Kopf. »Ihr habt ihn doch vor dieser Schule für Erwachsene auch gesehen, oder?«

Womit er die Universität meinte.

Der Professor seufzte. »Ihr müsst wissen, dass Felinde nach dem Kampf gegen den dunklen Magier ein paar schwere Entscheidungen treffen musste. Nachdem ihr fort wart, bin ich zu ihr geeilt. Sie hat mir die Wahrheit enthüllt: dass nämlich der dunkle Magier ein Schattenzwilling ist. Er hat ein paar sehr schlimme Dinge getan und deshalb wurde er eingesperrt.«

»Das ist wieder die Stelle, die wir nicht so ganz verstehen«, merkte Lukas an.

»Schattenzwillinge bestehen aus zwei Wesen, wenn ihr so wollt. Einem Menschen und dem Schattenzwilling. Es ranken sich allerlei Legenden um das Volk, aber das ist jetzt bedeutungslos. Wichtig ist nur: Als er eingesperrt wurde, vollzogen findige Magier eine Trennung. Der menschliche Teil blieb fortan in Winterstein und hat keine Ahnung, dass er ein Schattenzwilling ist. Er oder sie lebt ein ganz normales Leben.«

Lukas keuchte auf. »Und diesem Menschen standen wir vor der Universität gegenüber?«

Der Professor nickte. »Irgendwie konnte der Schattenzwilling hier im Baumgefängnis – wo er vom Rat eingesperrt wurde – die Kontrolle über den Menschen übernehmen, wenn dieser schlief. Es muss ihn viel Kraft gekostet haben über diese Entfernung und es war wohl nicht in jeder Nacht möglich. Aber dadurch hat er ihn gelenkt. Zuerst benötigte dieser Flüsterpulver, um überhaupt wieder in den Flüsterwald hineinzukommen. Und als das dank mir funktioniert hat …«

»… hat er alles niedergebrannt, um die Barriere um den Gefängnisbaum zu zerstören«, vollendete Ella. »Er wollte sich wieder mit seinem eingesperrten Teil vereinen, der ihn lenkte. Aber die Königin hat ihn aufgehalten.«

»Richtig.« Der Professor stellte die Tasse sanft ab. »Felinde von Siebenstern nahm das Herz des Waldes in sich auf und konnte die Dunkelheit aus dem Menschen vertreiben. Er kehrte zurück nach Winterstein. Und mit einem gewaltigen Vergessenszauber nahm sie jedem Beteiligten die Erinnerung. An das Herz, den Kampf, die wahre Identität des dunklen Magiers.« Er seufzte. »Sie wollte den Frieden bewahren. Und schließlich konnte der menschliche Teil nichts dafür. Niemand sollte Angst haben.«

»Wenn ich mir den magischen Schirm und die Warks so anschaue, hat das nicht funktioniert«, sagte Lukas.

»Angst ist kein guter Ratgeber, mein Junge«, sagte Archibald von Thun. »Er bringt Menschen dazu, überaus schlechte Entscheidungen zu treffen. Ich selbst erinnerte mich an viele Dinge nicht mehr, die damals geschehen sind. Eure Gesichter blieben im Rückblick verschwommen.« Sein Blick traf Ella. »Dein Glück, junge Dame. Sonst hätte ich dich auf ein Internat geschickt, damit du nicht in gefährliche Abenteuer schlitterst.«

Felicitas keuchte auf. »Darüber macht man keine Witze.«

»Aber was ist mit Frau Stein?«, fragte Lukas. »Sie ist doch auch ein Schattenzwilling.«

»Das stimmt«, bestätigte der Professor. »Sie lebt in Winterstein und hat viele Jahre lang die Bibliothek geleitet – zumindest war das Teil ihrer Aufgabe. Sie sollte außerdem auf den Menschen achtgeben, der nicht weiß, wer er ist. Der Rest dieses Volkes … Vermutlich wisst ihr darüber mehr als ich.«

Doch überraschenderweise schüttelten Felicitas, Rani und Punchy gleichermaßen den Kopf.

»In einem Lehrbuch im Internat gibt es eine Seite über die Schattenzwillinge, aber mehr nicht. Niemand weiß, wo sie leben. Oder was aus ihnen geworden ist.«

Lukas rieb sich müde die Augen. Er sehnte sich langsam nach seinem Bett, gleichzeitig hatte er noch so viele Fragen an den Professor. »Der dunkle Magier ist zurück«, sagte Lukas. »Also sollten wir alle warnen, oder nicht?«

»Aber was sollen wir denn dann tun? Wer kann ihn überhaupt aufhalten?«, fragte Ella. »Wenn er sich wieder mit seiner anderen Hälfte vereint … was wird er dann machen?«

Auf der einen Seite wollte Lukas losrennen und aktiv werden, auf der anderen wurde er mit jeder Minute ein wenig müder. Da war es gut zu wissen, dass der Flüsterwald unter einer magischen Schutzkuppel lag, die der dunkle Magier – wenn er sich erst mit seinem menschlichen Gegenstück vereint hatte – gar nicht mehr durchdringen konnte.

Trotzdem war er gefährlich.

»Er will Rache«, sagte Lukas. »Das hat er doch gesagt, oder nicht?«

»Vermutlich am Rat des Flüsterwaldes«, bestätigte der Professor mit einem Nicken. »Leider fehlen mir selbst noch einige Informationen.« Er rieb sich die Schläfen. »Moment.« Verwirrt blickte er umher. »Wo ist Franklin? Er ist doch mit euch in das Portal gesprungen.«

»Aber er ist ein Mensch«, erklärte Rani. »Und die sind tollpatschig. Deshalb ist er herausgefallen. Aber das ist nicht schlimm, weil er jetzt als verwirrter Landstreicher in Winterstein lebt.«

»Was?!« Der Professor sprang auf.

Lukas versuchte, ihn zu beruhigen. »Es kann nicht lange her sein. Höchstens ein paar Wochen.« Etwas leiser ergänzte er: »Wir gehen ihn am Morgen sofort suchen.«

»Das werde ich selbst erledigen«, sagte der Professor und eilte bereits zur Tür.

»Großvater!«, rief Ella noch.

Doch die Warnung kam zu spät. Archibald von Thun öffnete die Tür des Baumgefängnisses und knallte mit Schwung gegen eine unsichtbare Barriere. Diese war glücklicherweise elastisch, wodurch er zurückgeschleudert wurde und auf dem Po landete.

»Ja, also, da wäre noch etwas, was wir nicht erzählt haben«, sagte Lukas.

»Ich bin eingeschlossen.« Der Professor betastete vorsichtig die magische Barriere. »Die kriegen wir nicht auf. Großartig.«

»Was wird er als Erstes tun?«, überlegte Lukas laut.

»Heute gar nichts mehr«, sagte der Professor. »Die Nacht ist bald vorbei. Als Schattenzwilling kann er am Tag nicht aktiv sein. Erst wenn der Mensch wieder schläft, kann er erwachen.«

Womit sie wenigstens etwas Zeit gewonnen hatten.

»Felicitas, du musst eine Nachricht an deine Mutter schicken, damit sie informiert ist«, bat der Professor. »Und ihr Kinder verlasst den Flüsterwald, bis die Königin mich hier herausgeholt hat. Verstanden? Hier wird es jetzt noch gefährlicher.«

»Aber natürlich, Großvater«, sagte Ella, umarmte Archibald von Thun herzlich und gähnte. »Ich bin auch schon total müde. Gehen wir am besten.«

Überrumpelt von der Antwort seiner Enkelin blickte der Professor ihnen verdattert hinterher. Sobald sie auf der ersten Stufe zur Treppe nach unten standen, zischte Ella aus den Mundwinkeln. »Ab zum Baumhaus. Wir müssen beraten, was wir *wirklich* tun.«

Sie justierten das Ziel, stellten sich auf die Plattform und blinzelten sich zum Baumhaus.

Kriegsrat

Es tat gut, sich wieder im gemütlichen Baumhaus auszuruhen.

Punchy bezog sofort Position zwischen den Kissen, streckte sich und kuschelte sich an die seidige Oberfläche. Doch ihre Augen blickten sorgenvoll drein.

Natürlich sauste Felicitas zuallererst an den Schrank, um frische Teeblätter zu holen.

Wenig später saßen sie alle um den Tisch herum und tranken. Die beruhigende Wirkung ließ nicht lange auf sich warten.

»Wir können nicht einfach zu Hause sitzen und Däumchen drehen«, sagte Ella.

Lukas nickte so eifrig, dass er beinahe den Tee verschüttet hätte. »Wir müssen den Menschen finden, der ein Teil des Schattenzwillings ist. Aber wie?«

Ella grinste verschmitzt und zog etwas aus der Tasche. »Möglicherweise hilft uns das hier.« Sie hielt das Armband des Professors in die Höhe, mit dem Magie aufgespürt werden konnte.

»Du hast es einfach mitgenommen?« Rani bekam große Augen. »Aber wird dein Großvater da nicht wütend? Wenn ich mir bei meinen Brüdern etwas ›leihe‹, werden sie immer böse.«

Lukas deutete auf Ranis Fellbeutel. »Dein Vater war bestimmt nicht erfreut darüber, dass seine Brille weg ist.«

Rani winkte mit seinem Greifschwanz ab. »Das hat er nicht bemerkt, er hat ganz viele davon. Für jeden Anlass eine.«

»Wenn es euch gelingt, den menschlichen Teil des Schattenzwillings zu finden, könntet ihr ihn beschützen«, schlug Felicitas vor. »Immerhin scheint er ja keine Ahnung zu haben, was er getan hat.«

Ella schüttelte den Kopf, noch immer fassungslos über die Wahrheit. »Er wurde ferngesteuert von seinem Zwilling, der eingesperrt war. Vermutlich weiß er bis heute nicht, dass er den Flüsterwald angegriffen hat.« Sie seufzte. »Wenigstens ist der Wald erst einmal sicher. Das einzige Flüsterpulver, das es gibt, ist gut im Herrenhaus verwahrt. Und solange die Siegel funktionieren, kommt der Magier nicht in den Wald.«

»Das verschafft uns auf jeden Fall Zeit«, stimmte Lukas zu. »Er wird ja nur bei Nacht aktiv sein können. Außerdem ist er noch schwach und muss seinen Zwilling erst mal erwischen, damit sie wieder verschmelzen können. Geht das einfach so?« Er blickte zu Felicitas.

»Ich weiß es nicht«, gab diese zu. »Das muss ich erst nachschlagen. In der Bibliothek gibt es bestimmt etwas dazu. Es kann aber durchaus sein, dass durch die Trennung der beiden andere Regeln gelten.« Nachdenklich pustete sie in ihren Tee.

Es war seltsam. Obgleich ein paar sehr schlimme Dinge geschehen waren, wirkte Felicitas viel gefasster. Als sei eine innere Sorge von ihr abgefallen. Schließlich wusste sie jetzt, warum sie wirklich im Internat gelandet war. Und weshalb ihre Zauber ständig zu heftig waren. Es handelte sich nicht um Schusseligkeit.

»Dann ist das ausgemacht.« Lukas klatschte erfreut in die Hände. »Ella und ich durchkämmen Winterstein nach dem Schattenzwilling und Franklin. Felicitas, du suchst in der Bibliothek nach Informationen über dessen Volk. Wenn wir Glück haben, kann die Königin den Professor aus dem

Baumhausgefängnis befreien, dann kann er uns unterstützen.«

Allerdings fragte sich Lukas unweigerlich, wie Felinde von Siebenstern reagieren würde. Sie war immerhin nur *eine* Herrscherin des Waldes. Sobald der Rat informiert war, würden garantiert auch die Warks ausschwärmen. Was geschah dann mit dem Professor?

Und würde Franklin sie überhaupt erkennen? Vermutlich nicht. Sie mussten ihn ins Baumhaus schaffen, damit er in Felicitas' Nähe wieder gänzlich zu sich kam.

Rani kramte in seinem Fellbeutel herum und zog schließlich den winzigen Silberglanz-Würfel hervor. »Können wir sie jetzt befreien?« Den weiblichen Menok hatte Lukas völlig vergessen, ganz im Gegensatz zu Rani. Dieser faltete verlegen die Pfoten ineinander.

Felicitas ließ Elfenstaub flirren. Der Würfel wuchs, bis er wieder die normale Größe angenommen hatte. Durch den Professor wussten sie nun, dass sich Silberglanz tatsächlich wie schlafen anfühlte.

Felicitas nickte. »Ich werde gleich morgen bei den Gewitterwolken ein wenig dunklen Elfenstaub holen. Damit können wir sie dann befreien.«

»Hast du das gehört?« Rani klopfte gegen den Silberglanz. »Wir holen dich bald da raus.«

Ella ging neben dem Menok in die Knie und begann damit, ihn zu kraulen. Rani protestierte ein paar Sekunden zum Schein, dann ließ er es sich gefallen.

Sie saßen noch eine Weile im Stillen gemeinsam vor ihren Teetassen.

Ein weiteres Abenteuer war bestanden, doch Lukas wusste, dass dies nur der Auftakt war. Sie hatten einen Fehler begangen und den dunklen Magier befreit. Jetzt mussten sie sich darum kümmern, das zu korrigieren.

Der Professor hatte ihnen viele Fragen beantwortet, doch ein paar davon waren auch noch offen. Sie würden die Antworten dazu suchen und sich dann gemeinsam daran machen, den Magier wieder einzusperren.

Sie tranken die letzten Schlucke, dann verabschiedete sich Felicitas (nicht ohne Lukas' und Ellas Ohren wieder zurückzuzaubern). In Kürze war Schlafenszeit im Internat und zuvor wollte sie noch ihrer Mutter eine Nachricht schicken. Punchy blieb wie immer an ihrer Seite.

Unweigerlich fragte sich Lukas, was Pedora Ulinde Naftet von Chibalka über all das gewusst hatte. Die Beschützerin der Elfenprinzessin blieb für Lukas ein Rätsel.

Doch eins nach dem anderen.

Ella gähnte herzhaft und Lukas fiel prompt ein. »Wir sollten auch gehen.«

»Aber wir können sie doch nicht hierlassen.« Rani deutete mit seinem Greifschwanz auf den Silberglanzblock. »Was ist, wenn jemand sie findet?!«

»Wir nehmen den Block mit ins Studierzimmer des Professors«, erklärte Lukas. »Da ist sie sicher, bis Felicitas ihn auflösen kann.«

Rani überlegte kurz. »Also gut. Aber ihr müsst vorsichtig sein. Ich lenke euch. Ella, nimm das obere Ende.«

Lukas verdrehte die Augen, folgte den Anweisungen Ranis aber einfach. Überraschenderweise war der Silberglanzblock total leicht. Er hätte ihn auch alleine getragen, aber Rani bestand aus Sicherheitsgründen darauf, dass Ella und Lukas es gemeinsam taten.

Das Portal in der Standuhr öffnete sich und sie sprangen hinein. Im geheimen Raum des Professors versicherte sich Rani, dass sie den Block auch wieder abstellten. Er verbot ihnen, ihn noch einmal anzufassen. Schließlich wusste man nie.

Dann hüpfte der Menok in das Standuhrportal, um zum Baumhaus zurückzukehren.

»Hörst du das?«, fragte Lukas.

Ella sah sich um. »Nein, was?«

»Mein Bett. Es ruft ganz laut nach mir.«

Sie kicherte. »Meins auch. Was hältst du von Muffins

und Kakao morgen? Ich schulde dir noch einen Cafébesuch.«

Lukas willigte sofort ein.

Gemeinsam verließen sie das geheime Studierzimmer. Minuten später kuschelte er sich in seine Decke und schlief ein.

Muffins und Kakao

Hinter Ella betrat Lukas das Café in der Altstadt von Winterstein. Im ersten Augenblick hatte er das Gefühl, in einem Wohnzimmer aus dem vorangegangenen Jahrhundert zu stehen. Für die Besucher gab es große Lehnsessel. Regale zogen sich vom Boden bis zur Decke, die prall gefüllt waren mit Büchern.

Ella lächelte verschmitzt. »Das Konzept lautet ›eine Reise durch die Zeit‹. Jeder Bereich ist wie ein Wohnzimmer aus einer anderen Epoche eingerichtet.«

Erst jetzt bemerkte Lukas die knallbunten Farben im nächsten Raum. Da gab es einen roten Hängestuhl, der mit einem Tau an der Decke befestigt war. Dahinter eine weiße Tapete mit bunten Punkten.

»Kultig«, sagte er.

Die Fernseher waren ein wenig klein, teilweise gab es gar keine. Andere besaßen eine runde Glasfläche und eine Antenne saß obendrauf.

Als sie weitergingen, erkannte er, dass in den Bücherregalen auch Geschichten aus der jeweiligen Zeit untergebracht waren. Die Einbände waren verblichen, die Taschenbücher rissig. Es juckte ihn trotzdem in den Fingern, hier ausgiebig zu stöbern.

Das Café war gut gefüllt, fast in jedem Wohnzimmer saßen Grüppchen dicht beieinander.

»Da bekommen wir doch nie einen Platz«, sagte Lukas.

»Du kennst mich wirklich schlecht«, gab Ella zurück.

Gemeinsam gingen sie an den rechts und links liegenden Wohnzimmerbereichen vorbei zur Theke.

»Ah, Schatz.« Eine hochgewachsene Frau mit blondem Haar begrüßte sie mit einem breiten Lächeln. »Und du bist also Lukas.«

Die Art, wie sie das sagte, benötigte keine weitere Erklärung. Vor ihm stand Ellas Mutter.

»Hallo«, grüßte er und fühlte sich mit einem Mal wie ein Insekt unter einer Luppe.

»Freut mich, dich kennenzulernen. Ich habe euch wie befohlen einen Platz reserviert.« Dabei warf sie Ella einen durchdringenden Blick zu. »Beim nächsten Mal machen wir das nicht über Zettelkommunikation.«

»Aber du bist so früh aufgestanden.«

»Was mir zum einen sagt, dass du viel zu lange wach warst. Andernfalls hättest du den Zettel gar nicht schreiben können. Und dass du«, sie blickte auf die Uhr, »bis in den Mittag geschlafen hast.«

Worum Lukas Ella sofort beneidete. Sein Samstagmorgen war gänzlich anders verlaufen.

Zuerst hatte es an der Tür geklopft, weil seine Mutter ihn zum Markt hatte mitnehmen wollen. Sie schien immer noch davon auszugehen, dass er irgendwann eine Leidenschaft für frühes Aufstehen und Gemüse entwickelte. Dem kleinen Riegel an seiner Tür sei Dank, hatte er sich einfach die Decke über den Kopf gezogen.

Gefühlt eine Sekunde später hatte sein Pa gegen die Tür gehämmert und deutlich gemacht, dass es in diesem Haus keine geschlossenen Türen gab. Schließlich wurde die Privatsphäre auch so geachtet. Außerdem würde er weiterklopfen, bis Lukas die Tür öffnete.

Was er schicksalsergeben getan hatte.

Nachdem sein Pa endlich ins Erdgeschoss verschwunden war, hatte sich Lukas wieder unter die Bettdecke zurückgezogen. Womöglich war ihm jetzt Frieden vergönnt.

Bedauerlicherweise achteten nicht alle die Privatsphäre. Als er das nächste Mal blinzelte, fand er sich Auge in Auge mit dem Plüschhasen seiner Schwester Lisa wieder. Dadurch war er erschrocken hochgefahren, nach links zurückgewichen und aus dem Bett gefallen.

Auf sein »Aua« hatte Lisa natürlich die richtige Antwort parat gehabt: »Noch mal.«

Wutschnaubend war er aufgesprungen und ihr hinterhergejagt. Sie war überraschend flink und hatte die sichere Umarmung ihres Vaters erreicht, bevor Lukas sie erwischte.

Leider war seine Mutter mittlerweile vom Markt zurück gewesen. Und da er schon mal in der Küche stand, sollte er doch beim Ausräumen der Tasche helfen. Und überhaupt Lisa in Ruhe lassen.

Er hatte sich dazu hinreißen lassen, dagegen zu argumentieren. Seine Mutter mochte es, wenn über Streitthemen angemessen diskutiert wurde. Als aber irgendwann das Wort »Pubertät« fiel, wusste er, dass er verloren hatte.

Beim Frühstück biss er fest auf das Brötchen. Leider auch auf seine Wange. Der Tag begann als einzige Katastrophe.

Bis jetzt.

Ella führte ihn eine Wendeltreppe hinauf in einen luftigen, hellen Bereich. Die Möbel waren allesamt weiß, es gab Sitzkissen, Schalensitze und auch wieder einen Sessel, der an der Decke hing. Der Tisch war bedeckt mit Muffins, Sandwiches und halben Brötchen mit Nougatcreme.

Seine Mum hätte bei diesem Anblick nur ein Wort übrig gehabt: »Zuckerschock.«

»Wow«, sagte stattdessen Lukas.

»Oder? Hier oben ist meist ausgebucht.« Ella schwang sich in den Hängesessel. »Hast du auch das Gefühl, dass heute Morgen alle irgendwie …«

»… bedrückt sind?«

»Ja genau!«

Abgesehen von seinem eigenen Chaosstart, wirkten auch seine Eltern mürrischer als sonst.

»Denkst du, das hat etwas mit dem dunklen Magier zu tun?«

Ella zuckte mit den Schultern. »Möglich wäre es.«

Auf dem Weg zum Café hatten sie eine extralange Runde gedreht, um nach Franklin Ausschau zu halten. Doch es gab keine Spur von ihm. Sobald sie gegessen hatten, würden Ella und er richtig mit der Suche beginnen.

Davor ließen sie es sich aber schmecken. Lukas trank ein halbes Glas Kakao. Er vertilgte vier Brötchen und ein Sandwich. Irgendwie hatte er vergessen, dass er schon gefrühstückt hatte, woran ihn sein Bauch nach einer guten Stunde erinnerte.

Lukas lag im Sessel und sagte stöhnend: »Ich werde nie wieder etwas essen.«

»Ich auch nicht«, stimmte Ella zu, die es immerhin auf drei Brötchen und ein Glas Kakao gebracht hatte.

Erst jetzt entdeckte Lukas den kleinen Teller in der Mitte, auf dem Obst und Gemüse lagen.

Ella bemerkte seinen Blick. »Das Prinzip Hoffnung. Sie glaubt, dass, wenn jemand zu viel Süßigkeiten isst, er danach für gesunde Dinge anfällig ist.«

»Ah. Das kann doch gar nicht funktionieren.« Lukas griff nach einem Karottenstück und kaute es.

»Glaube ich auch nicht.« Ella nahm auch eins.

Die Ereignisse der vergangenen Nacht wirkten so fern. Die Düsternis hatte einfach keinen Platz im Tageslicht. Doch irgendwo in Winterstein war heute ein Mann oder eine Frau erwacht, hatte sich die Augen gerieben und war zum Frühstück gegangen. Jemand, der nicht wusste, wer er in Wahrheit war.

Lukas stand auf. »Legen wir los?«

Ella tat es ihm gleich. »Legen wir los.«

Gemeinsam machten sie sich auf die Suche.

Das nächste Abenteuer wartete.

Epilog

Es war so weit.

Wieder stand sie am Fenster und blickte hinaus auf die Stadt. Die Kinder waren zurückgekehrt, nun nahm alles seinen Lauf. Ihr Blick streifte das Haus, das damals abgebrannt war. Wenige Jahre später hatte man es neu errichtet.

Die Spuren der Vergangenheit wurden getilgt, wie es immer der Fall war. Und allzu oft vergaßen die Menschen, wie gefährlich eine solche Handlung war.

Denn erschuf jemand Geheimnisse, profitierte stets auch das Böse. Der Anfang lag im Dunkeln. Rätsel, eingehüllt von Geheimnissen, umgeben von Mysterien. Zog man den Schleier beiseite, kam die simple Wahrheit zum Vorschein.

Frau Stein lauschte.

Tief unter ihren Füßen pulsierte eines der Siegel. Der, den sie »dunkler Magier« nannten, mochte zurückgekehrt sein, doch seine alte Macht hatte er nicht wiedererlangt. Noch war Zeit. Zeit genug, die Wahrheit zu enthüllen.

Sie atmete einmal tief durch und strich im Reflex über den gestärkten Rock. Die Bluse saß ebenfalls tadellos. Die Bibliothek mochte heute geschlossen sein, doch das war kein Grund, sich gehen zu lassen.

Außerdem war sie nicht allein.

Sie verließ ihr Schlafzimmer, ging über einen kleinen Flur und betrat das Gästezimmer. Wie immer schlief er fest, umklammerte mit seinen Fingern den Schutzstein.

»Keine Sorge, Franklin«, sagte sie. »Bald wird sich alles fügen.«

Auf die eine oder auf die andere Weise.

Ende

Können Lukas, Ella, Felicitas, Rani und Punchy den dunklen Magier endgültig besiegen? Oder trägt dieser den Sieg davon? Die Entscheidung fällt im nächsten Buch.

Bleibe stets auf dem Laufenden über Neuerscheinungen und kostenlose Bonusgeschichten mit dem Flüsterwald-Newsletter auf: www.flüsterwald.de

Andreas Suchanek

streifte als Kind über Abenteuerspielplätze und erschuf im Geist fantastische Welten.
Später wurden diese dann zu Papier gebracht. Er teilt die Schokoladensucht mit Rani.
www.andreassuchanek.de

Timo Grubing,
geboren 1981, studierte Illustration an der FH Münster und lebt seit seinem Diplom 2007 wieder in seiner Geburtsstadt Bochum. Als freier Illustrator bebildert er Kinder- und Jugendbücher, Spiele und Comics und eigentlich alles, was ihm unter den Stift gerät. Dabei trinkt er Kaffee.

www.timogrubing.de

www.instagram.com/timogrubing_illustration/